소녀지옥

少女地獄

유메노 규사쿠
마이너스 옮김

소녀지옥

少女地獄

유메노 규사쿠
마이너스 옮김

해밀누리

목차

별 것 아니었다	7
살인 릴레이	117
화성의 여자	149
옮긴이의 말	242

별 것 아니었다

시라타가 히데마로에게
우스키 리헤이가 쓴 편지

저는 지난번, 마루노우치 클럽의 경술회에서, 단시간 영광을 얻은 사람으로, 귀형과 마찬가지로 규슈 제국대학, 이비인후과 출신 후배입니다. 작년, 쇼와 8년 6월 초순부터, 이곳 요코하마시 미야자키초에, 우스키 이비인후과 간판을 내걸고 있는 자입니다만, 돌연 이와 같은 기괴한 편지를 올리는 무례를 용서해 주십시오.

히메쿠사 유리코가 자살했습니다.

그 이름 그대로 가련하고, 청정무구한 모습을 한 그녀가 자살했습니다. 비둘기 같은 작은 가슴에 떠오른 뿌리도 잎도 없는 망상에 의해, 귀하와 저의 가정은 말할 것도 없고, 온 도시의 신문, 경시청, 가나가와현의 사법 당국까지도, 그 허구의 천국을 구성하는 재료로 짜 넣어 온 셈이었으나, 도리어 일종의 협박에 가까운 지옥도를 그려내고 만 그녀는, 마침내 그녀 자신을, 그 자신이 창작한 지옥도의 맨 밑바닥에 장사 지낼 수 밖에 없게 된 것입니다. 그 지옥도의 실재를, 자신의 죽음으로 뒷받침하여, 저희들을 끝없는, 공포의 무간지옥에 밀어 넣기 위해……

저는, 그 언뜻 보기에 평범하고, 아무것도 아닌 사건의 연속처럼 보이는 그녀의 허구의 이면에 맥동하는 불가사의한 심리 작용의 무서움, 그 심리 작용에 대한 그녀의 집착을, 귀하에게 조목조목 설명해야하는 이상한 책임을 지고 있는 자입니다.

게다가 그 어려움을 다한, 일종의 기이한 책임은 오늘 오후에, 생각지도 못한 미지의 인물로부터, 저의 두 어깨에 내던져진 것입니다. 그러므로 이 특별한 보고서도, 순서상 그 알 수 없는 미지의 인물에 대한 이야기부터 쓰도록 하겠습니다.

一

오늘 오후 한 시경의 일이었습니다.

뇌막염 환자의 수술에 지칠 대로 지친 저는, 외래 환자의 발길이 끊긴 진찰실 긴 의자에 누워, 유리창 너머로 보이는 요코하마 항내의 기적 소리와, 창 아래 왕래의 잡음을 들으며 꾸벅꾸벅 졸고 있으니, 돌연 현관 벨이 울리고, 한 명의 검은 남성의 그림자가 조용히 미끄러져 들어왔습니다.

벌떡어 일어나 보니, 그것은 마치 외국의 영화에 나오는 명탐정 같은 풍채의 남자였습니다. 나이는 마흔넷, 다섯쯤 되었을까요. 얼굴이 길고, 눈썹이 짙고 굵으며, 높고, 품위 있는 콧날 좌우로, 눈꼬리가 긴 눈이 푹 꺼져 날카로운, 검은 빛을 발하고 있는 모습은, 일본판 셜록 홈스라고 할 만한 느낌이었습니다. 전체 피부색이 저와 마찬가지로 검푸르고, 늘씬하고 뼈가 굵은 몸에, 잘 어울리는 각 잡힌 검은색 모닝코트, 새로 산듯한 검은 벨로아 모자, 마찬가지로 검은 에나멜 구두, 은으로 된 머리의 지팡이를 가지고 티끌 한점 빈틈 없는 태도와 풍채로, 진찰실 문을 등 뒤로 조용히 닫자, 저 혼자밖에 없는 실내를 힐끗 한번 둘러보며 멈춰 부드럽게 모자를 벗고, 가운데가 벗어진 머리를 교묘하게 감춘 머리를 숙였습니다.

경솔하게도 저는 이 인물을 새로 온 환자라고 생각해 상냥하게 일어섰습니다. 자아, 이쪽으로 하고 자코비안풍의 작은 의자를 내밀었습니다.

"제가 우스키입니다."

그러나 상대방 신사는 여전히 검고, 차가운 그림자처럼 우뚝 서 있었습니다. 살짝 눈을 내리깔고 '알고 있다'는 듯한 표정을 지은 채 한마디도 입을 열지 않았습니다. 그러는 사이 창백하고 털이 덥수룩한 손을 안주머니에 넣어, 한 장의 카드 형태의 종잇조각을 찾아내더니, 제 얼굴을 의미심장하게 힐끗 보면서, 곁의 작은 탁자 위에 놓고 제 쪽으로 밀었습니다.

그래서 저는 웃기게도, '벙어리 환자가 왔구나'라고 생각하며 그 종잇조각을 집었습니다. 그런데, 뜻밖에도 서투른 초등학생 같은 연필 글씨로 뚜렷하게 '히메쿠사 유리코의 행방을 아십니까'라고 쓰여 있는 것입니다. 저는 아연실색하여 그 남자의 얼굴을 올려다보았습니다. 신장이 175센티미터 정도 되었을까요?

"하아, 모릅니다. 말없이 나가 버렸으니까요."

이렇게 답을 했습니다, 그 찰나에, 이 남자가 히메쿠사 유리코의 배후로군. '뭔지는 몰라도 나를 협박하러 왔구나'라고 직감했기에 바로 '똥 처먹어..' 라는 각오를 속으로 다져 버렸습니다. 그러나 표면으로는 기색이 보이지 않도록 하여, 평범한 개업의답게 보이려고 했습니다. 히메쿠사 유리코의 행방을 몰라서 다행이다. '안다고 했더라면 바로 약점을 잡혀 협박당했을 테지……'라고 속으로 생각하면서.

상대방 신사는 그런 제 얼굴을, 그 검고, 차가운 집념 깊은 눈매로 십수 초간, 응시하고 있었습니다만, 이윽고 다시 안쪽에서 하얀 봉투 하나를 꺼내어, 공손히 제 앞에 놓았습니다.

'보십시오'라는 듯이 엷은 웃음을 머금으면서…….

하얀 봉투의 내용물은 흔한 편지지였습니다만, 글씨는 틀림는 히메쿠사 유리코의 펜글씨로, 군데군데 더럽게 번지거나, 기묘하게 떨리고 있는 것이 어쩐지 섬뜩했습니다.

—

시라타카 선생님, 우스키 선생님

저는 자살하겠습니다. 두 분께 폐가 되지 않도록, 쓰키지의 부인과 병원, 만다라 선생님의 병설에서 자살하겠습니다. 자궁병으로 입원 중에 디프테리성 심장마비로 죽은 것처럼 처리해 주시도록 만다라 선생님께 부탁해 두겠습니다.

시라타카 선생님 우스키 선생님

두 분께서 저에게 주신 애정과, 그 애정을 받아들인 저를, 미워하지도 않으시고 친동생처럼 귀여워해 주셨던, 두 분 사모님들의 은혜를, 저는 죽어서도 잊지 못할 것입니다. 그러므로, 그 사모님들의 고귀하고, 고마운 은혜의 만분의 일이라도 보답하고 싶은 마음에 저는, 이렇게 몰래 자살하는 것입니다. 저의 작은 영혼은 이제부터, 두 분 가정의 평화를 영원히 지킬 것입니다.

제가 숨을 거둔다면, 눈을 감고, 입을 막다면, 지금까지 제가 보거나 듣거나 한 사실은 모두, 흔적도 없는 거짓말이 되어, 두 분 선생님께서는 편안하게, 정숙하고 아름다운 사모님들과 평화로운 가정을 지키며 사실 수 있으리라 생각하니까요.

죄 많고 죄 많은 유리코.
히메쿠사 유리코는 이 세상에 희망을 잃었습니다.

두 분 선생님 같은 훌륭한 지위나 명망이 있는 분들께조차 저의 성실이 믿어지지 않는 이 세상에 무슨 희망이 있겠습니까. 사회적으로 지위와 명예가 있는 분의 말씀은, 설령 거짓말이라도 진짜가 되고, 아무것도 모르는 순진한 소녀의 말은, 설령 사실이라도 거짓말이 되어 가는 세상에, 무슨 보

참이 있겠습니까.

안녕히 계십시오.
시라타카 선생님 우스키 선생님
가엾은 유리코는 죽어 갑니다.
부디 안심하십시오.

쇼와 8년 12월 3일,
히메쿠사 유리코

—

 이 편지는 이미 다미야 특고과장에게 넘긴 실물의 사본으로, 귀하게 보여드리고 싶어 복사해 둔 것입니다만, 이것을 처음 읽었을 때도 저는, 아무런 느낌도 받지 않고 있을 수 있었습니다. 여전히 어이없어하며 시치미 뗀 얼굴로, 상대방의 날카로운 시선을 태연하게 마주 보며 물었습니다.
 "에, 당신이 이 편지의 만다라 선생님으로······."
 "그렇습니다"
 상대방은 처음으로 입을 열었습니다. 쉬어버렸지만, 속이 깊은 목소리였습니다.

"이제 시체는 처리하셨습니까."

"화장하여 유골을 보관하고 있습니다만……. 사후 사흘째니까요."

"히메쿠사가 부탁한 대로의 절차로 말입니까?"

"그렇습니다."

"무엇으로 자살했습니까."

"모르핀 피하 주사로 죽어 있었습니다. 어떻게 입수했는지는 모르겠습니다만……."

여기서 상대방은 살피듯이 제 얼굴을 보았지만, 저는 여전히 무표정한 경직을 계속하고 있었습니다. 만다라 원장의 눈빛이 부드러워졌습니다. 마음 탓인지 비뚤 입술이 가볍게 움직이기 시작했습니다.

"지난달…… 11월 21일의 일입니다. 히메쿠사 양은 꽤 심한 자궁내막염으로 제게 입원했습니다. 밖에서 감염되어 온 듯한 디프테리아에 걸려서요. 그것이 겨우 치유되어 간다고 생각했더니……."

"이비인후과 의사에게 진찰을 맡기셨습니까?"

"아니요. 디프테리아 정도의 주사라면 이비인후과 의사가 아니더라도 원내에서 놓을 수 있습니다."

"과연……."

"겨우 다 나아 간다고 생각했더니, 이달 3일 밤, 12시의 마지막 체온 측정 후에, 스스로 모르핀을 주사한 듯합니다. 4일…… 그렇군요…… 그저께 아침은 시트 속에서 차가워져 있는 것을 간호사가 발견했습니다만…….”

"간병인도 아무도 없었습니까?"

"본인이 필요 없다고 말했기에…….”

"그럴 만도……하네요.”

"깔끔하고 예쁘게 화장을 하고, 볼연지와 입술연지를 바르고 있어서, 경직된 시체라고는 생각되지 않을 정도였습니다……. 살아 있을 때처럼 미소를 머금고 있어서요. 실로 비참한 기분이 들더군요. 이 유서는 베개 밑에 있었습니다…….”

"검시는 받으셨습니까?"

"아니요."

"어째서입니까. 의사법 위반이 되지는 않습니까?"

상대방은 조용히 제 눈동자를 응시했다. 그야말로 악당다운 차가운 웃음을 지었다.

"검시를 받으면 이 편지의 내용이 공개될 우려가 있으니까요. 동업자의 호의라는 것이 있습니다."

"과연. 고맙습니다. 그렇다면 선생님께서는 유리코의 말을 믿고 계시는군요."

"저 정도의 외모를 가진 여자가 무의미하게 죽을 것이라고는 생각되지 않습니다. 어지간한 일이 없어서는…….”

"즉 그 시라타카라는 인물과, 제가, 둘이서 히메쿠사 유리코를 장난감으로 삼고, 그녀를 무정하게 뿌리쳐 자살하게 했다고 믿고 계시는군요…….”

"……네…… 사실의 유무를, 여쭈러 왔습니다만. 일을 크게 만들고 싶지 않다고 생각했습니다.”

"선생님은 히메쿠사 유리코의 친척이십니까?”

"아니요. 아무 관계도 아닙니다, 하지만…….”

"아하하. 그렇다면 선생님도 저희와 마찬가지로, 피해자 중 한 명입니다. 히메쿠사에게 속아서, 의사법을 위반하신 것입니다.”

상대방의 얼굴이 돌연, 악마처럼 험악해졌습니다.

"괘씸하군요…… 증거는 있습니까……”

"……증거 말입니까. 다른 피해자 한 명을 부르면, 바로 판명 될 일입니다.”

"불러 주십시오. …… 이것은 죄도 보상도 없는 죽은 이의 유지를 모독하는 것입니다.”

"불러도 괜찮겠습니까?”

"……부디…… 바로 부탁합니다”

저는 탁상 전화기를 들어 가나가와 현청을 호출하여, 특고과장실에 연결 달라고 했습니다.

―아아. 다미야 특고과장입니까. 우스키입니다. 우스키 의원의 우스키입니다. 지난번에는 히메쿠사의 건으로 여러 모로 정말, 그런데 다름이 아니라, 바쁘신 와중에 정말 죄송합니다만, 바로 병원으로 와 주실 수 없겠습니까. 히메쿠사 유리코의 행방을 알았습니다. ……아니요, 죽어 있습니다. 어떤 곳에서…… 실은 그 히메쿠사 유리코의 피해자가 또 한 명 나왔습니다. 아니아니. 이번에는 진짜입니다. 꽤 피해가 심각합니다. 쓰키지의 만다라 병원장이라고 말씀 분입니다만…… 그렇습니다, 그렇습니다…… 들어본 적 없는 병원입니다만…… 그녀의 연극에 걸려들어 의사법 위반까지 당했다는 사실을 설명하러, 일부러 제게 와 계십니다. 히메쿠사 유리코의 자살한 시체 유골을 보관하고 계신다고 합니다만…… 그렇습니다, 그렇습니다. 터무니없는 이야기지만 사실입니다. 지금 여기에 기다리고 계십니다. 부디 당신을 뵙고 싶다고…… 아아. 여보세요…… 여보세요…… 만다라 원장님이 돌아가려 하고 계십니다. 모자와 지팡이를 들고 황급히 나가십니다. 아하아하. 이제 나갔습니다. 지금, 용감한 간호사가 달려나가 배웅하고 있습니다. 잠깐 기다려 주십시오. 제가 방향을 확인하고 보고하겠습니다…… 아. 복장 말입니까. 복장은 한마디로 말하면 검은색 일색의 멋진 모닝코트입니다. 신장은 5척 7, 8촌. 피부색이 검푸르고, 외국인

같은 훌륭한 여윈 체형의 신사…… 아. 협박용 편지를 잊고 갔습니다. 아아. 이 전화에 놀란 듯합니다. ……아. 그렇습니까. 그럼 돌아가시는 길에 들러 주십시오. 아직 할 이야기가 있으니까요. 아니, 정말 실례…… 죄송했습니다. 이만 하겠습니다—

만다라 원장은 다미야 과장의 신속한 조치에도 불구하고 끝내 잡히지 않은 듯, 오늘 해가 저물도록 아무런 소식도 없었습니다. 따라서 그분이, 그녀와 어떤 관계를 가진 어떤 종류의 인간이었는가. 어째서 그녀의 유서를 손에 넣었는가. 언제부터 그녀의 그림자처럼 붙어 다니며, 어느 정도의 검은 활약을 하고 있었는가…… 와 같은 사실은 아직 추측할 수 없습니다.

그러나 가나가와 현청에서 돌아오는 길에 병원에 들러, 제가 제공한 히메쿠사 유리코에 관한 새로운 사실을 들은 다미야 특고과장은, 심상치 않은 사건이라는 전망을 세운 듯 즉각, 도쿄로 이첩할 의향인 듯했으므로, 그녀의 죽음에 관한 진상도 머지않아 뚜렷해질 것이라 생각합니다.

일단, 그보다 먼저 한시라도 빨리 그녀에 관한 사실 일체를 귀하께 보고드려, 나중에 참고할 수 있는 것을 제공해 두어야 할 책임을 느꼈기에, 각오를 다지고 이 붓을 들고 있는 바입니다. 지금까지는 너무나 부끄러운 일뿐이라 보고를 주저하고 있었습니다만…… 아니…… 오늘까지 귀하와 아무런 상의도 할 수 없었던 것이 역시, 그 불가사의한 소녀, 히메쿠사 유리코의 무언가에 홀려 뇌수가 마비되어 있었던 탓인지도 모르겠습니다만…….

무엇보다도 먼저 분명히 해 두고 싶은 것은 그녀…… 히메쿠사 유리코라고 자칭하는 가련한 한 소녀가, 작년 봄 3월경의 도쿄의 신문이란 신문에 큼지막하게 떠들썩하게 쓰인 특호 표제의 수수께끼의 여자가 틀림없다는 것입니다. 이 사실은 오늘 면회한 상기의 사법 당국자에게, 제가 설명했으므로, 그분이 심상치 않은 사건이라고 인정하여, 즉각, 경시청에 이첩했다는 이유도 거기에 있다고 짐작됩니다만, 그 신문 기사에 따르면 (기억하실지도 모르겠습니다만) 그녀는, 그 정부와의 밀회 장소를 경찰에 발견당하고 싶지 않다는 생각에서, 그 밀회 장소 부근의 경찰에 전화를 걸었다고 합니다.

―저는 지금 ××의 ××라는 집에 유괴, 감금되어 있는 무구한 소녀입니다. 지금, 마의 손이 제 쪽으로 뻗어 오고 있습니다. 아주 잠깐의 틈을 보아 전화를 걸고 있는 것입니다. 도와주세요, 도와주세요!

이렇게 숨이 끊어질 듯한 목소리로 전화해, 당국의 자동차를 터무니없게 먼 곳의 엉뚱한 방향으로 보내 버렸던 것입니다. 그녀는 그 후로도 여러 번 경찰을 소란스럽게 했으므로 결국, 같은 여자라는 것이 알려져, 극도로 당국을 분개시키고, 신문 기자를 신나게 했다……는 것이 사실의 진상입니다.

그 무모하다고도 무지막지하다고도 형용할 수 없는 허구의 천재인 그녀가, 귀하께서 염려하고 계시는 그녀이며, 바로 얼마 전까지 하얀 옷을 입고 소생의 병원 안을 날아다니던 그녀였다는 것을, 현재, 그녀의 신원 보증인이었던 자가 뚜렷하게 주장하고 있는 것입니다. 그리고 주장하는 내용이 그녀의 행적을 보아 진실이라고 할 수 있으므로, 현재 경찰 당국에서도 진실성을 의심하지 않는 실정입니다.

그렇다 해도 조금 묘한, 한 소녀일 뿐인 그녀가 온갖 통신, 교통 기관이 자리잡고 있는 지금 세상에, 게다가 눈과 코 사이라 할 만한 도쿄와 요코하마에 있는 귀하와 저의 한 집안을, 이토록 오랫동안, 서로 의심하고, 탐색하게 하면서, 도저히 만날 수 없다는 불가사의하고, 기분 나쁜 운명에 빠뜨려 가는 동시에, 그녀 자신의 운명까지도 끝내야만 할 만큼 심각한 궁지에 빠뜨리도록 하게 된, 그 최초의 동기는 어디에 있는 것일까요?

아래 내용은 제 일기에서 발췌해 보고서 형식으로 정리

한 것입니다. 그러므로 그중에는 그녀에 관한 귀하의 기억과 중복되는 곳도 있겠지요. 또는 귀하의 인격을 모독하는 듯한 장구도 있겠지요. 또한, 경어를 빼고 기록체로 했기 때문에, 무례하게 느껴질만한 부분이 생길지도 모르겠습니다만, 부디, 너그러이 읽어주시길 바랍니다. 어쨌든 그때의 저의 심경을 솔직, 여실히 고백하고 싶어, 일기의 기록대로 문장을 정리한 것이니까…….

―

 히메쿠사 유리코가 병원에 온 것은 작년, 쇼와 8년 5월 31일…… 개업 전날 저녁이었다. 훌륭하지만, 수수한 남색 기모노에, 화려한 코발트색 파라솔, 새로운 펠트 조리, 바구니 한 개라는 차림의 그녀가 풀이 죽어 현관에 섰다.
 "여기 병원에서는 혹시 간호사가 필요하지 않으신가요?"
 진찰실 장식에 관해 가구점 주인과 협의를 하고 있던 나의 누나와, 아내 마쓰코는, 얼굴을 마주 보고 그녀의 용감함에 감탄했다고 한다. 마침 고용한 두 명의 간호사만으로는 손이 다소 부족할지도 모르겠다고 이야기하던 때였다. 그래서 환자를 곧장 외래 환자실로 데려가, 나를 포함한 셋이서 면회하며 몇 가지 질문과 관찰을 시도했다.
 "신문 광고를 보고 오셨습니까?"
 "아니요. 마침 개원을 알리는 간판이 전차의 창문으로 보여서 내렸습니다."
 "하하아. 고향은 어디신가요?"
 "아오모리현 H시입니다."
 "부모님 두 분 다 그곳에 계십니까?"
 "네. H시의 오래된 집안입니다."
 "부모님의 직업은……"
 "양조장을 하고 있습니다."

"호오. 그럼 실례지만, 유복하시군요."

"네. 그 정도는 아니에요…. 제가 도쿄에 나오는 것에 관해서도 부모님과 오빠가 반대했지만 제 자신의 운명을 스스로 열어 보고 싶었고, 간호사 일이 해 보고 싶어 견딜 수 없어서……"

"그럼 지금은 부모님과 연락을 끊고 계십니까?"

"아니요. 항상 편지를 주고받고 있습니다. 하나밖에 없는 오빠도, 도쿄에서 한몫 보겠다고 지금, 마루 빌딩 안의 통조림 회사에서 일하고 있습니다."

"학교는 어디를 나오셨을까요?"

"아오모리의 현립 여학교를 나왔습니다."

"간호사 일에 경험이 있습니까?"

"네. 학교를 나오자마자 바로 시나노마치의 K대 이비인후과에 들어가서 쭉 지금까지……"

"그곳을 나온 사정은……어떻게 되시나요?"

"……너무 싫은 일이 많아서……"

"싫은 일이란 어떤 일입니까?"

"……말씀드릴 수 없습니다. 일은 아주 재미있었습니다……"

"흐음. 당신의 신원 보증인은……"

"저. 시타야에서 미용사를 하는 이모님께 부탁하고 있습니다. 안 될까요?"

"오빠에게 부탁하지 않는 이유가 있을까요?"

"이모님 쪽이 훨씬 세상 물정에 밝고, 제가 지금까지 그 집에 있었어서…… 오늘도 이모님께서 집에 가만히 있지 말고 어슬렁어슬렁 거리를 걸어 보라고 말씀하셨어요… 좋은 일이 있을지도 모른다고……"

"이름은……?"

"히메쿠사 유리코라고 합니다."

"히메쿠사 유리코…… 나이는……?"

"만 19세 2개월입니다…… 써 주실 수 있을까요……?"

이정도의 질문으로, 우리들은 그녀를 채용하기로 결심해 버렸다. 나뿐만이 아니다. 아내도 누나도, 그녀의 순진무구한, 비둘기 같은 태도와, 맑고, 깨끗한 갈색 눈동자와, 길가에 내동댕이쳐져 구원을 바라는 작은 새 같은 그녀의 애처로운 태도…… 바구니 하나를 들 일자리를 구하며 거리를 방황했던 그녀의 씩씩하고, 안쓰러운 운명에, 전심으로 빨려 들어가 버렸다.

비웃어도 어쩔 수 없다.

웃어라…… 우리들의 값싼 감성주의를……

아마 누구든 이 문답을 한 번 읽는 것만으로, 그녀의 신원에 대해 수많은 모순된 점이나 불안한 점을 발견할 것이다.

적어도 한 번, K대 이비인후과에 전화를 걸어 그녀의 신원을 얼마간이라도 캐 본 후에 고용하는 것이 상식적이라는 것을 깨달을 것이다.

하지만 그때 우리는 그런 문제를 티끌만큼도 느끼지 못했다. 그녀의 용모와 말투에서 배어나오는 천진난만함은 마치 그녀의 주위를 소용돌이치고 있는 수많은 현실적인 위험을 떠올리게 하며, 우리로 하여금 일종의 로맨틱하면서 첨예한 동정심을 품게 만들었다. 결국 그러한 감정이 그녀에게 작용하고 있었다는 사실을, 우리는 부정할 수 없을 것이다.

"있지, 언니. 저 아이가 만일, 간호사가 안 되면 하녀로라도 써 주자. 응? 불쌍하잖아."

"어머. 나도 네가 그럴 마음이라면 하고 생각하던 참이야. 차차 손님도 늘 테니까."

그 다음 날, 이렇게 상의했을 정도로 누나와 아내는 그녀에 대해 열의를 보이고 있었던 듯하다. 그뿐만이 아니다. 이것은 나의 직업의식이라고나 할까. 내가 그녀를 보았을 때, 첫 번째로 눈에 띈 것은 그녀의 콧날이었다.

그녀는 결코 미인이라는 얼굴 생김새는 아니었다. 이목구비는 어느 쪽인가 하면 열 사람 중 보통 정도로, 피부색도 상당히 희었지만, 신장이 보통보다 낮아 150센티미터를 조금 넘는 정도였을 것이다. 동시에 그 둥근 얼굴의 중심에 해당하는 콧방울이 아무 낮아서, 눈과 코 사이가 먼 느낌을 드러내고 있었지만, 그만큼 그녀가 사람이 좋고, 순진한 성격으로 보였던 것은 다툴 수 없다.

나는 그러한 그녀의 얼굴 생김새를 단 한 번 본 순간에, 그녀의 콧방울에 성형수술을 해 보고 싶어졌던 것이었다. 이 정도의 파라핀을 저기에 주사하면, 이 정도의 코는 된다. 그녀의 콧방울은 비골과 밀착되어 있지 않은, 지극히 수술하기 쉬운 종류의 콧방울이라고 생각했다. 이러한 일종의 직업의식에서 온 어리석은 매혹이, 그녀를 고용하기로 결심한 나의 심리 밑바닥에 움직이고 있었던 것도 부정할 수 없는 사실이었다.

이런 내 목적은 머지않아 훌륭하게 달성되었다. 그녀는 내 병원에 고용된 지 일주일도 채 되지 않아 갑자기 몰라볼 듯한 미소녀가 되어, 병원 복도를 날아다니게 되었다. 결코 자가 광고를 하는 것은 아니지만, 성형수술 효과가 예상 밖인 것에 놀랐다. 수술을 해준 다음 날 아침, 옅은 화장을 하고 '안녕하세요'라고 말한 그녀의 웃는 얼굴을 본 순간……

'이거 큰일 났다. 터무니없는 미인을 만들어 버렸다.'……고 간담이 서늘해졌을 정도였다.

그러나 그녀에 대한 우리들의 경이는, 아직 그 정도의 일로는 끝나지 않았다. 그녀의 간호사로서의 솜씨는 나무랄

데 없는 정도의 수준이 아니었다. K대 이비인후과의 훈련도 그렇거니와, 그녀가 실로 천재적인 간호사임을 깨닫게 되었을 때, 나는 마음속 깊이 감탄을 금할 수 없었다.

그녀가 이 병원에 온 지 얼마 되지 않아, 내가 한 중년 신사의 상악동 축농증 수술을 집도했을 때였다. 처음으로 조수로서 임명된 그녀는 바쁘게 움직이는 내 손가락 사이로, 마취 환자의 절개된 윗입술 틈에 탈지면을 재빨리 집어넣어 넘쳐 흐르는 혈액을 닦아내며, 절개 부위가 항상 내 눈에 잘 보이도록 했다. 그 선명하고 숙련된 손놀림을 보았을 때, 나는 소름이 돋을 정도로 감탄했다. 오랜 세월 동안 수많은 수술에 임해 온 노련한 간호사라 해도, 이러한 수술자의 의도에 대한 예민함과 손끝의 정밀함을 함께 지니기란 쉽지 않을 것이다.

그러나 그녀가 개업의라는 존재를 환자 입장에서 얼마나 훌륭히 이해하고 있었는가. 그 때문에 우리 일가가 얼마나 그녀에게 감사하게 되었는가. 그 때문에 병원 내의 일을, 거의 비상식에 가까울 정도로 그녀에게 맡겨 버리게 되었는가. 그리고 그 때문에, 이하 기술하는 바와 같은 수수께끼의 여자가 활약할 수 있는 자유를 얼마나 많이 허락하고 있었는가. 아마 누구도 상상하지 못했을 거라 생각한다.

나는 개업 당시부터, 누구나 하듯이 일의 시간표를 정해 두었다. 오전 10시부터 오후 1시까지, 오후 3시부터 6시까지를 진찰 치료 시간으로 정하고, 6시 이후는 바로 근처의 모미지자카의 자택으로 돌아가, 가족과 함께 만찬을 들 정해 두었지만, 개업의의 당연한 책임으로서, 돌아가자마자 바로 입원 환자로부터 아무것도 아닌 고통 때문에 황급히 병원으로 불려 돌아온다.

소위 초목도 잠든 축시(丑時), 즉 새벽 한두 시 무렵에 분별 없는 환자에게 불려 나가는 일이 여러 번 있을 것을, 나는 처음부터 각오하고 있었다. 그것은 의사로서 사적으로는 큰 고통일 수밖에 없는 일이었지만, 그럼에도 가능한 한 정성을 다해, 친절히 대하려고 마음먹었다. '고통을 없애는 것이 목적이지, 병을 고치는 것이 목적은 아니다'라며 일반 입원 환자의 마음을 그렇게 이해하며 준비하고 있었는데, 뜻밖에도 개업한 이후 단 한 번도 그런 일이 없었다. 그 사실이 차츰 이상하게 느껴지기 시작했다. 처음에는 혹시 자택에 아직 전화가 설치되지 않아서 그런 것이 아닐까 생각했다. 그러나 그렇다 해도 어딘가 이상하다는 느낌을 지울 수 없어, 그 이야기를 누나들과 자주 나누곤 했다. 그리고 그 '이상함'은 머지않아 풀렸다. 바로 히메쿠사 유리코 한 사람의 활약 때문이었다는 것을, 주의 깊게 살펴본 끝에 알게 되었다.

그녀는 마취가 깰 무렵이라든가, 수술 후의 고통을 호소하기 시작하는 시간이라든가, 또는 열의 오르내림과 환자의 체질이 관련되어 일어나는 고통의 정도라든가 하는 것에 대해 간호사 이상의 친절함과 예민함을 가지고 있었다. 항상 환자가 뭔가 말하기 전에 선수를 쳐서 처치를 하거나, 예고를 해서 위로하곤 했던 듯하다. 때로는 멋대로 환자의 귀나 코를 씻거나, 심할 때는 나에게 알리지 않고 모르핀 주사, 그 외의 진통, 마취 수단을 취한 것이 이후의 경과에 의해 판명된 적도 있었다. 하지만 그렇다 해도 환자의 평이 대단했다. 다른 간호사에게 호소해도 머뭇거리거나, 주저 하는 것을 그녀는 척척 단행하여 안온하게 하룻밤을 보내게 했으므로, 우스키 병원의 히메쿠사 양이라는 이름이 내 이름보다 먼저 환자들 사이에 호평을 얻은 것도, 지극히 자연스러운 일이었다. 물론, 내가 받은 도움도 매우 큰 것이기는 했지만……

그뿐만이 아니다. 그녀의 타고난 매력은 사실, 남녀, 노소를 초월한 것이 있었다. 이 점에서는 나의 가족들도 한마디로 대단하다고 평하는 것 외에 다른 말은 할 수 없을 정도로, 모두가 그녀의 수완에 감탄하고 있었다.

노인은 노인처럼, 아이는 아이처럼, 남자는 남자처럼, 여자는 여자처럼이라고 말해 보면 아무것도 아닌 일이지만, 모든 종류의 환자의 병상을 일일이 친절하게 들어주고, 원장인 나를 신뢰하게 만들어, 안심하고 진찰과 수술을 받게 하여, 편안하게 입원하게 하는, 때로는 그 가정의 집안일까지도 들어주고, 동정하며 격려하고, 위로하면서, 무사히 퇴원하게 해주는…… 그 솜씨라고 하면 도저히, 우리들같은 평범한 사람들이 닿을 수 있는 수준이 아니었다. 신경질적이고, 성질이 비뚤어진 노인이나, 장난꾸러기인 과민한 아이까지도, 이제 하나부터 열까지 히메쿠사 양, 히메쿠사 양 하고 입에 달고 살아, 다른 두 명의 간호사는 있으나 마나 한 상태였다. 쑥스러운 이야기지만, 환자가 퇴원할 때 같은 때는, 원장인 내게 사례를 하기보다 먼저 히메쿠사 양에게……라는 경향이 되어 버려서, 아이 같은 경우는 울면서 집으로 가기 싫어한다고 한다. 히메 짱과 함께 병원에 있겠다고 고집을 부린다. 그 외의 환자라도, 퇴원한 후에 그녀 앞으로 보내는 답례 편지의 줄이 길고도 길다. 접수 겸 회계 담당을 하는 누나가 12전(평범한 길이 우편 요금의 2-3배)이나 붙일 만큼 편지에 쓸 것이, 어째서 있는 걸까하고 어이없어 정도였다.

   더욱 놀라운 사실은 (실은 당연한 귀결일지도 모르지만) 그녀 덕분에 우리 병원이 쑥쑥 급성장했다는 것이었다. 이것으로, 나의 개업은 매우 혜택을 받았던 동시에, 그녀…… 히메쿠사 유리코라고 이름하는 마네킹 겸 마스코트에게 절대적인 감사를 표해야만 했다. 진찰받으러 오는 환자 갑을병정이, 무엇에

든 히메쿠사 양, 히메쿠사 양 하고 찾아 구하는 태도를 보면, 마치 우스키 병원 안에 히메쿠사 유리코가 개업을 하고 있는 것 같아서, 수술 솜씨에 어느 정도 자신이 있던 나조차도, 그녀의 이러한 외교 수완 앞에서는 겸손해질 수밖에 없었다.

그녀에게는 20엔의 급료를 지불하고 있었다. 이것은 결코 터무니없이 싼 급료라고는 생각하지 않았다. 하지만 최근 들어 그녀의 공적을 더 높이 평가해야 할 필요가 있다고 느껴서 누나나 아내와 가끔 그 문제를 상의하곤 했다. 바로 그 무렵, 실로 기묘하다고도, 이상하다고도 할 수 없는 사건이 그녀를 중심으로 소용돌이치며 일어났고, 그것은 마침내 이번과 같은 무시무시한 파국으로 이어졌다. 게다가 그 파국의 씨앗은 그녀 자신이 뿌린 것으로, 이미 그녀가 내게 굴러 들어온 최초의 문답 속에, 그 씨앗이 뿌려 있었던 것이었다.

그녀의 명랑한 성격과 순진한 태도를 보고, 그녀가 아오모리현의 한 양조가 출신으로, 유복한 집안의 딸이라는 말을 우리는 조금도 의심하지 않았다.

처음 면접 자리에서 언급되었던 그녀의 오빠는, 그녀가 병원에 들어온 지 얼마 되지 않아 구라야의 검은 양갱을 잔뜩 들고 병원에 인사하러 왔다고 한다. 물론 그 일은 내가 퇴근한 뒤에 있었던 터라, 직접 그를 본 사람은 아무도 없었다.

마침 내가 자택에서 저녁 식사를 마친 후, 디저트 같은 걸

먹고 싶다고 생각하던 차에, 병원에 있던 히메쿠사 유리코로부터 중계 전화가 걸려 왔다.

"선생님. 방금 오빠가 인사차 왔어요. 선생님이 좋아하신다고 제가 말씀드렸더니, 구라야의 양갱을 가지고 왔어요…… 아니요. 벌써 돌아갔어요. 모처럼 휴식 중인데 방해해서는 안 된다고 하더군요. 부디 부디 앞으로도 잘 부탁드린다고…… 호호. 그쪽으로 가져다 드릴까요? 양갱은"

"응, 어서 가져다주게. 고맙네."하고 대답했지만, 아마 얕보였다고 해도 이때만큼 얕보인 적은 없었을 것이다.

그녀의 고향에서라고 하며 10리터 정도의 청주와 한 통의 나라즈케가 도착한 것은, 역시, 그로부터 얼마 되지 않은 때의 일이었다. 아무래도 고향 사람에게 부모님으로부터 전갈 보낸 물건이라든가로, 예에 따라 내가 퇴근 후에, 병원에 남아 있던 그녀가 받았다는 이야기였지만, 그녀가 땀을 흘리며 들고 온 술병과 통에는 라벨도 아무것도 없고, 지극히 조잡하고 촌스러운 노시가미가 한 장씩 붙어 있을 뿐이었다.

"음. 제법 에도식이군. 찡하게 오네. 나라즈케도 미쓰코시 것에 지지 않아"

한 입 맛본 나는, 무심코 입을 놀렸지만, 아마 그것이 정곡을 찔렀던 것이리라. 통의 밧줄을 정리하던 그녀는, 그저 얼굴을 붉힌 채 슬금슬금 병원으로 도망쳐 돌아간 듯했다.

물론 그때 나는 그녀의 행복을 빌고 있는 오빠나 부모님을 떠올리며, 상당히 정성스럽게 뭉클해져 있었기에, 그녀의 그러한 태도를 조금도 눈치채지 못했다. 그녀의 뒷모습을 배웅하며, "고작 20엔밖에 안 주는데 말이야" 하고 멋쩍음을 감추려는 듯한 농담을 했을 정도의 일이었다.

그런데 여기까지는 정말 훌륭했다. 이쯤에서 멈췄더라면 모든 일이 흠잡을 데 없이 완벽했을 것이다. 그러면 그녀의 정체가 드러나는 일도 없었을 테고, 내 병원도 마스코트를 잃지 않았을 터였다. 하지만 세상일이란 대체로 호사 뒤에는 마가 따르는 법. 그녀 안에 숨어 있던 무시무시한 '거짓말쟁이 천재'가, 상황이 안정되자마자 다시 꿈틀대며 기묘한 활약을 시작한 것은 어쩔 수 없는 일이라고나 할까.

그녀 안에 있는 천재가 K대 이비인후과의 시라타카와 나의 가정을 형용할 수 없이 섬뜩한 악몽 속에 빠뜨리기 시작한 원인이라는 것은, 아마 그녀 자신도 눈치채지 못했을 지극히 사소한 사건에서부터였다.

부끄러운 이야기지만 개업 후의 호황에 조금 들뜬 나는, 어느새 학생 시절과 똑같은 익살꾼으로 되돌아가 있었다. 시시한 농담이나, 가벼운 말이나, 농담을 연발하여 환자의 우울을 날려 버리거나, "어이 어이. 작은 해부도를 가져와. 작은 메스야. 너 말고. 착각하지 마" 하고 히메쿠사에게 말하곤 했는데, 그럴 때마다 유리코는 꺄꺄 웃으며 분주히 일하며 말했다.

"어머, 우스키 선생님은 시라타카 선생님과 똑같아요"

"뭐야. 그 시라타카라는 건…… 나에게 허락도 없이 나랑 닮았다니 실례하는 녀석이네"

"어머. 우스키 선생님도 참…… 시라타카 선생님은 선생님보다 훨씬 연장자이시고, K대 이비인후과 조교수를 하고 계세요."

"와아. 실수, 무례했어. 그 시라타카 선생님인가. 그 시라타카 선생님이라면, 확실히 내 선배다."

"그것 보셔요. 호호호. K대에 있을 때 시라타카 선생님은, 항상 수술이나 진찰 중에 여러 가지 농담만 하셔서 환자를 웃게 하셨어요. 고막 절개 때 같은 때는, 환자가 웃으면 머리가 움직여서 아주 위험한데, 시라타카 선생님의 수술은 굉장히 빨라서, 환자가 아프다고 느낄 틈도 없이 계속 웃고 있었어요. 그런 점까지 우스키 선생님이 하시는 방식과 똑같았어요."

유리코는 이렇게 변명처럼 설명하곤 했지만, 당연하게도 최대한 실감나는 아첨이 나의 자존심을 채워줬다. 물론 그것은 그녀가 유복한 집안 출신임을 증명하고, 자신의 어둡고 추한 과거를 감추기 위한 꾸며낸 이야기였다. 동시에 현실

속에서 덧없는 공상을 만족시키려는 심리에서 비롯된 것이기도 했다. 다시 말해, 그녀가 K대 이비인후과 조교수의 요직에 있는 인물로부터 얼마나 신뢰받고 있는지를 구체적으로 보여주고 싶어 한, 일종의 허구에 지나지 않았다. 그러나 그때의 내가 어찌 그런 속내를 눈치챌 수 있었겠는가. 평소 존경하던 모교의 선배인 시라타카 선생님의 이름을 오랜만에 들은 나는 반가움에 눈을 크게 뜨고 그녀에게 물었다.

"호오. 그럼 시라타카 선생님은 지금도 K대에 계시는가? 전혀 몰랐네."

그녀는 태연하게…… 아니…… 오히려 득의양양하게 시라타카 선생님의 이야기에 깊이 파고들어 갔다.

"네, 네. 수술에 있어서는 아주 능숙하시다는 평판이에요. 저, 이쪽으로 오기 전까지 선생님께 얼마나 귀여움을 받았는지 몰라요. 사모님께서도 친딸처럼 대해 주셨어요. 이제 곧 좋은 곳으로 시집 가겠다고 말씀해주시고, 기모노 같은 것도 몇 벌이나 주셨어요. 평상시에 입고 있는 것도 사모님 젊었을 때 입으신 것들이 지금 입기에는 화려해졌다고 해서 주신 거예요."

나는 완전히 그녀의 이야기에 끌려 갔다. 남몰래 시라타카 선생님께 경의를 표하기 위해 양손을 비볐던 것이었다.

"뭐야. 시라타카 선생님이라면 내 대선배야. 규슈대에 있을 때 지도를 받았으니까, 어쩌면 내 일을 알고 계실지도 몰라. 덕분에 좋은 소식 들었네. 조만간 꼭 한번 뵙고 싶은데……."

"네. 반드시 기뻐하실 거예요. 선생님의 일도 두세 번 이야기 중에 나온 것 같아요. 우스키 군은 아주 재미있는 학생이었다고, 그렇게 말씀하셨던 것 같아요."

"흐음. 나는 장난꾸러기였으니까. 댁은 어디야"

"시모로쿠반초 12번지. 사모님은 아주 고상하고 아름다운, 구조 다케코 님 같은 분이세요. 구미코 씨라고 말씀하시고. 선생님을 아주 소중히 여기세요. 사이가 좋아서……."

"아하하하. 아무튼, 조만간…… 오늘이라도 좋으니 한번, 자네가 전화 좀 걸어 주지 않겠나? 우스키가 뵙고 싶어 한다고……."

"……어머. 제가 소개해 드리면 실례가 아닐까요……?"

"뭐 어때. 시라타카 선생님이라면, 그런 격식 차리는 분이 아니야."

그렇게 말하고 나는 히메쿠사 유리코에게 머리를 한 번 숙였다. 그녀는 그렇게 말하는 내 얼굴을 조금 근시안적인 귀여운 눈동자로 잠깐 올려다보았지만, 왠지 다소, 풀이 죽듯이 고개를 숙 가벼운 한숨을 한 번 쉬었다. 요원스러운 듯한 태도로도 보였지만, 그러나 나는 그것을 그녀 특유의 순진한 미태의 일종으로 해석하고 있었기에 별로 이상하게 생각하지 않았다.

"……그래도 저…… 간호사인 제가…… 너무 실례……"

"뭐야. 상관없어. 간호사가 소개했다고 해도 선생님은 선생님끼리잖아. 시라타카 선생님은 그런 것에 격식을 두는 사람이 아니었어."

"네. 그야 지금도 그러시지만……."

"그럼, 괜찮잖아…… 내가 너무 만나고 싶어서 그래……."

그녀는 어쩔 수 없다는 듯이 어깨를 한 번 으쓱했다. 기묘하면서 울고 싶은 듯한 웃는 얼굴을 방긋 보여주면서 말했다.

"네. 괜찮으시다면… 언제든지 소개해 드리겠습니다…."

"부탁하네. 오늘이라도 좋아. 전화로라도 걸어줘"

그것은 언제나의 쾌활한 그녀와는 어울리지 않는, 묘하게 걸리는 어두운 응대였다. 그러나 머지않아 평소의 순진한 쾌활함을 되찾은 그녀는 그야말로 기쁜 듯이…… 마치 시라타카 조교수와 우스키 병원장을 소개하는 영광을 기뻐하는 것처럼 깡충깡충 뛰어오르며 전화실로 달려 들어갔다.

그 뒷모습을 배웅한 나는, 이제 아무것도 의심하지 않는 명랑한 기분이 되어 있었지만, 어찌 알았으랴. 이때 이미 나는 그녀에게 한 방 먹인 것이어서, 그녀도 또한 동시에, 그녀의 생애의 치명상이 될 고민의 씨앗을 그녀 자신의 손으로 싹트게 하고 있던 것이었다.

그녀가 말하는 시라타카 선생님은, 정작 그녀가 알고 있던 사람과는 전혀 다른 인물이었다. 요컨대 그녀의 상상력이 나를 본떠, 내 기분을 맞추기 편하도록 꾸며낸 하나의 허구적 인물에 지나지 않았던 것이다. 게다가 그녀는 그 허구의 인물과 자신이 가까운 사이라 믿게 함으로써, 자신의 신용을 높이고 사회적 존재 가치를 공고히 하려 했다. 그러나 실제로 그런 '트릭 인형' 같은 시라타카 선생님이 존재할 리는 없었다. 그럼에도 불구하고 경솔한 나는 그 트릭식 시라타카 선생님의 존재를 있는 그대로 믿어버렸고, 그가 나처럼 쾌활하고 장난기 많은 사람일 것이라 굳게 믿은 나머지, 그런 어리석은 부탁을 그녀에게 하고 만 것이었다.

그녀의 불가사의한 상상력은 거기서 멈추지 않았다. 백척간두에서 한 걸음 더 나아가, 뜻밖의 괴기극을 만들어낸 것이다. 그날 대낮, 본인조차 모르는 'K대 이비인후과의 시라타카 선생님'이라는 사람에게서 전화가 걸려왔던 것이다.

내가 개업한 지, 꼭 석 달째…… 금년 9월 1일 오후 3시 반경, 그녀가 전화기 앞에서 진찰실로 날아왔다.

"선생님. 선생님. 시라타카 선생님으로부터 전화입니다."

많은 환자를 진찰하고 있던 나는 놀라서 돌아보았다.

"뭐. 시라타카 선생님으로부터 전화…… 무슨 일일까?"

"어머. 선생님도 참…… 저번에 소개해 달라고 말씀하셨잖아요. 그래서 제가 어제 전화로 다시 한번 말씀드렸어요…… 바쁘신 시간도 제대로 말씀드렸는데…… 지금 거시다니……"

그녀는 얼마간 불평스러운 듯이 귀여운 눈썹을 찡는 것이었다. 이런 기교야말로 그녀만이 지닌 독특한 재능이라 해야 했다. 그 연출에는 놀라울 만큼의 생생함이 있었다. 그녀와, 그녀가 만들어낸 시라타카 선생님 사이의 친밀함에 대해서는, 티끌만큼의 의심도 끼어들 틈이 없을 만큼이었다.

전화를 받고 있던 남자, 시라타카 선생님은 그녀의 말대로 명랑하고 쾌활한 목소리의 소유자였다. 게다가 그는 거의 내가 끼어들 틈도 주지 않은 채, 단숨에 계속 말을 이어나갔다.

"야아. 우스키 군인가? 오랜만이군. 잘 지내나? 한동안 소식이 없었지. 병원은 형편이 어떤가? 응응. 히메쿠사에게 들었네. 잘 됐다더군, 정말 잘됐어. 응응. 히메쿠사라는 아이 말인데, 참 좋은 간호사지. 이쪽에서도 너무 유능해서 간호사장에게 미움을 받아, 터무니없는 누명을 쓰고 쫓겨났지. 아내도 그 아이를 무척 귀여워했네. 정말이지 딸처럼 생각했지. 아, 물론 본인도 지금은 잘 지내고 있는 거 같네. 얼마

전에도, 그리고 어제도 두 번이나 전화를 걸어왔거든. 자네가 있는 곳이 아주 편안하고, 일하는 보람이 크다고 하더군. 그 말을 듣고 아내도 무척 기뻐했네.

간호사가 되겠다며 아오모리현을 뛰쳐나온 건, 좀 무모했을지도 모르지. 그래도 그 아이는 타고난 간호사야. 일솜씨라면 내가 보증하지. 그러니 자네도 부디 잘 대해 주게. 하하하. 그래, 오랜만이니 자네 얼굴도 좀 보고 싶네. 여전히 술은 하나? 그래, 다행이군.

그런데 자네, 혹시 도쿄의 이비인후과 의사들이 하는 '경술회'라는 모임을 알고 있나? 규슈에 있을 때 들은 적이 있을 거야. 메이지 43년, 경술년에 생긴 모임이지. 매달 한 번씩 3일이나 4일쯤에 다들 모여, 옛정을 나누고 세상 이야기를 하며 한잔하는 자리야. 아주 명랑한 모임이지. 다음 달 모임은 3일로 정해졌네. 장소는 마루노우치 클럽, 오후 여섯 시부터야. 회비야 매번 다르지만 큰돈은 들지 않아. 부디 와주게. 아, 아직 뵙지는 못했지만 부인께도 안부 전해 주게."

잠깐 사이에 통화가 끊어져 버렸다. 내가 수화기를 놓자 바로 옆에 그녀가 서서, 귀엽게 고개를 갸웃하며 걱정스러운 듯이 눈을 빛내고 있었다.

"어머. 끊어버리셨군요. 저도 이야기하고 싶었는데······ 그런데, 어떤 이야기였어요······?"

"응. 놀랐어. 무섭게 털털한 선생님이시군. 좀 말아 올리는 말투가 아니던가?"

"……그렇죠. 그야 재미있는 분이에요."

그 후 전화 내용을 이야기해 주자, 그녀는 안심한 듯 얼굴을 환히 밝히며 복도를 뛰어나갔다. 그 모습은 마치 기쁨을 주체하지 못하는 아이처럼 가벼웠다.

"정말 시라타카 선생님은 시원시원하고, 좋은 분이었어. 친절한 분…… 정말 좋아……."

감격에 가득 찬 가벼운 말을 하면서…… 부자연스러움은 조금도 없이 나에게 들으라는 듯이 말하면서…….

그런데 그로부터 이틀 뒤 아침, 내가 출근하자마자 평소와 달리 얼굴을 잔뜩 찡그린 그녀가 구겨진 편지지를 손에 쥔 채 묘하게 몸을 비틀며 내 앞에 섰다. 귀여운 아랫입술을 말아 올리며 이렇게 말했다.

"정말이지, 시라타카 선생님도 참… 일이 생기면 정신을 못 차리신다니까요…."

"무슨 일이야. 혼자서 씩씩거리고……"

"아니요. 어젯밤에 시라타카 선생님으로부터 이런 속달 편지가 왔어요. '오늘 오후에 히라쓰카의 환자를 문병하러 가는데, 돌아오는 길이 늦어질지도 모른다. 그러니 경술회에도 못 갈지도 모른다. 우스키 선생님께 잘 말씀드려 달라'

는 편지예요. 정말 시라타카 선생님은 버는 일에만 정신이 팔려서…… 분명 히라쓰카의 아무개라는 은행가 댁일 거예요. 친구들과 서투른 기다유 모임(역: 낭독 동호회)을 열 때마다, 시라타카 선생님을 부르니까, 그게 그렇게 자랑거리래요. 시시해…….”

"아하하. 그렇게 나쁘게 말하면 안 되지. 그런 건강하고, 부자인 환자가 늘 많으면 곤란해. 이비인후과 의사는…….”

"그래도 오랜만에 선생님과 만날 약속을 하셨는데…….”

"뭐, 만나려고 하면 언제든지 만날 수 있잖아.”

"……그래도요.”

입을 다물며 그녀는 아무리 봐도 불평스러운 창백한 눈빛으로, 내 얼굴을 올려다보았다. ……하지만…… 이때 내가 좀 더 주의 깊게 관찰했더라면, 그녀의 그러한 불안함이 심상치 않은 것이었음을 쉽게 간파할 수 있었을 것이다.

만나려고 하면 언제든지 만날 수 있다고 말한 나의 말이, 그녀에게 얼마나 심각한 불안을 주었는가……. 그녀를 얼마나 끝없는 강박의 지옥 속에서 스스로를 괴롭혀 왔는지를, 그때 짐작할 수 있었을 것이다…….

집안이 유복하다는 것을 여실히 증명하고, 동시에 간호사로서의 신용이 얼마나 높은지를 K대 조교수, 시라타카 선생님의 이름으로 입증하기 위해 고심하고 있던 그녀…… '수수께끼의 여자'로 보도된 신문 기사에 기대어, 사회적 파멸의 위기에 놓인 자신의 자존심을 만족시키는 동시에, 자신만이 알고 있는 놀라운 비밀로 뒤덮인 과거를 완전히 감추려 했던 그녀의 필사적인 노력은, 진짜 시라타카 선생님과 내가 직접 마주한 순간 산산이 부서질 수밖에 없었다. 그녀는 자신이 만들어 낸 허구의 천국 같은 꿈을 무너뜨려야만 했고, 다시 차가운 현실의 포도밭으로 내쫓겨야 했을 것이다. 이런 여인에게 그런 환멸의 순간은, 사형선고보다도 두려운 일이었을 것이다. 그것은 현대 여성, 특히 소녀의 심리를 이해하는 사람이라면 누구나 짐작할 수 있는 일이다.

사실, 다가올 파국을 막으려는 그녀의 대비는 너무도 극단적이었다. 마치 스님의 설법처럼, 한 끗 차이가 천국과 지옥을 가른다는 그 말 그대로, 그녀는 자신을 소름끼치도록 섬뜩한 지옥의 세계로 몰아넣고 있었다.

9월이 저물고, 10월 2일 아침. 그녀는 또다시 병원 복도에서 씩씩거리며 분개한 얼굴로 내 앞에 섰다.

"무슨 일이야. 또, 기계공 꼬마와 싸움이라도 했나?"
"아니요. 하지만 선생님. 내일은 10월 3일이잖아요"
"바보 같으니. 10월 3일이 마음에 안 드나"
"네. 매달 3일이 경술회 날짜잖아요."
"아…… 그랬던가. 잊고 있었네."

"어머. 그런 점까지 시라타카 선생님과 똑같네요. 선생님은 경술회에 안 가시나요?"

"음. 시라타카 선생님이 간다면 나도 가지."

"저번에 약속하셨잖아요."

"아니. 약속 같은 걸 한 기억은 없어."

"어머. 그럼 괜찮겠지만……."

"무슨 일이야?"

"방금, 시라타카 선생님으로부터 전화가 왔어요. 우스키 선생님이 아직 병원에 안 오셨냐고 물으시더군요……"

"우스키 병원의 우스키 선생님이라고 그렇게 말했나?"

"글쎄요, 그건 확실하지 않아요. 항상 오전 10시쯤에 계신다고 말씀드렸더니, 오늘은 감기에 걸려 누워 버렸으니, 경술회는 실례할지도 모른다고 말씀하시더군요. 분명 선생님과 약속하셨을 텐데 하고 화가 났어요. 어떻게든 만나 주시면 좋을 텐데……."

"그야 만나려고 하면 어렵지 않아. 하지만 묘하게 인연이 닿지 않는군."

"정말 심술궂으시죠. 하필 오늘 감기에 걸리시다니… 사모님께 전화해서 불평 좀 할래요."

"쓸데없는 소리 하지 마. 그보다 지금 부탁을 좀 하려던 참이야. 대신 문병 좀 가 줘. 다만 괜히 오해받을지도 모르니까, '동족상잔이 될 우려가 있으므로, 실례하겠습니다'라고, 그렇게 말해 두게."

"호호호호. 또 그런 말씀. 그거야말로 쓸데없는 소리예요."

"뭐야. 그런 식으로 말하는 게 요즘 유행하는 농담이야? 사모님께도 안부 전해 줘."

이런 이유로 진짜 시라타카 선생님이 아닌 '그 시라타카 선생님' —— 그러니까 히메쿠사 유리코를 사이에 둔 그 인물과 우리 가족의 관계는 날이 갈수록 친밀해져 갔다. 그러던 어느 날, 내가 하코네의 아시노코 호텔로 외국인 진찰 약속이 잡힌 아침에 시라타카 씨, 아니, '진짜 시라타카 선생님이 아닌 그 시라타카 선생님'에게서 전화가 걸려왔다.

"지난번엔 미안했네. 자네를 좀처럼 만날 기회가 없군. 오늘은 가부키자 표가 두 장 생겼는데, 함께 보러 가지 않겠나? 오후 한 시 개장이니, 열 시쯤 전차로 긴자 근처로 와주게. 자네가 아는 카페나 레스토랑이 있겠지?"

하지만 공교롭게도, 히메쿠사가 내가 자리를 비운다고 전한 모양이었다. 그 일 뒤에 그는, 극장의 프로그램과 함께 아내와 아이에게 보낸다며 '후게쓰' 카스테라를 보내왔다.

게다가 그 소포에 동봉된 편지를 보니, 틀림없이 남자의 필체에 교양이 묻어나는 지식인의 문장이었다. 그래서 나도 감사의 뜻을 전하려고, 마침 고향에서 보내온 계란소면과 함께 '다음 경술회에는 꼭 참석하겠습니다'라는 편지를 써서 시모로쿠반초의 시라타카 선생님 앞으로 보냈다.

하지만 그 편지와 소포가 과연 어디로 갔는지는 지금도 알 수 없다. 어쩌면 요코하마의 우스키 병원을 한 발짝도 벗어나지 못했을지도 모른다. 왜냐하면 그것을 부치도록 한 사람이 다름 아닌 히메쿠사 유리코였으니까…….

그런데 11월 초순이 되자, 그녀는 또 한 번 커다란 실수를 저질렀다. 물론 그녀 자신으로서는 그럴 듯하고 완벽하게 짜인 계획이라 믿었겠지만, 그 지나친 치밀함이 오히려 화근이 되어 결국 우리 가족에게 정체를 들키고 말았다.

일기를 다시 들춰보니, 그날은 11월 3일, 메이지절이었다. 이상하게도 그녀가 일을 벌이는 시기는 언제나 월말에서 초순 사이였고, 시라타카 선생님에게서 전화나 편지가 오는 때도 꼭 3일이나 4일 무렵이었다. 그 묘한 일치의 배후에 숨은 진실을, 과연 신이 아니라면 누가 짐작할 수 있었을까…….

11월 3일, 그날 아침.

부슬비가 내리기 시작한 오전 10시 무렵, 내가 병원에 들어서자 현관문 소리를 듣고 히메쿠사가 약국에서 달려 나왔다. 내게 안길 듯 뛰어오던 그녀의 얼굴은 창백했고, 입술마저 핏기가 사라져 있었다.

"어머 선생님. 어떡하죠. 방금 전화가 왔어요. 시라타카 선생님의 부인께서 미쓰코시 백화점 현관에서 갑자기 쓰러지셨대요. 코피가 멈추지 않아서 지금 집에서 간호를 받고 계신다네요……."

"그래? 안됐군. 몇 시쯤 일이래?"

"오늘 아침, 9시쯤이래요……."

"흠…… 그렇다기엔 전화가 너무 빠른데. 여기엔 왜 그렇게 서둘러 연락을 한 걸까?"

"하지만요, 선생님. 지난번 편지에 이번 경술회에서 꼭 만나자고 약속하셨잖아요."

"음. 그 편지를 봤나?"

"아뇨, 본 건 아니에요. 그래도 이번 경술회는 큰 모임이잖아요. 메이지절이기도 하고요……."

"그래? 난 처음 듣는걸."

"어머. 저번에 안내장이 왔었잖아요."

"몰라. 못 봤어. 무슨 내용이었는데?"

"이번 경술회는 메이지절을 맞아 오랜만에 대회 형식으로 연다면서, 도쿄 외곽 병원 선생님들도 참가해 달라고 쓰여 있었어요. 그 안내장, 어디로 갔을까요?"

"흐음. 그거 재미있겠군. 회비는 얼마라던가?"

"분명 10엔쯤 이었던 것 같아요……"

"비싸."

"오호호. 그래도 간사인 시라타카 선생님께서 '우스키 선생님께 꼭 참석해 주세요'라고 직접 덧붙여 쓰셨어요."

"흐음. 가 볼까?"

"저, 선생님이 꼭 가실 거라고 생각했어요. 그래서 그 후에 시라타카 선생님께 전화를 드려, 이번만큼은 어긋나면 안 된다고 당부드렸어요. 그랬더니 '응, 우스키 군에게서도 편지가 왔다네. 이번엔 내가 간사를 맡았으니 어떤 일이 있어도 가겠네.'라고 하셨어요. 그런데 오늘 이런 일이 생기다니… 제가 너무 분해서……."

"바보, 그런 일로 분해하는 녀석이 어디 있나. 어쨌든 안됐군. 좋은 기회라 하긴 뭐하지만, 문병이나 다녀와야겠군."

"어머 선생님. 지금 바로요……?"

"그래, 지금이라도 괜찮겠지……."

"하지만 선생님. 아데노이드 신규 환자가 세 명이나 와 있어요."

"흐음. 그걸 어떻게 알았지? 비인강 비대라는 걸……."

"호호. 저, 잠깐 선생님 흉내를 내 봤어요. 환자분의 호소를 듣고 나서, 입을 벌리게 하고 잠깐 코 안쪽으로 손가락 끝을 대 보니 바로 비대가 손가락에 닿는걸요?"

"……쓸데없는 흉내 내지 마."

"……그래도 환자분이 수술을 걱정해서 너무 구구절절 묻길래…… 그런데 세 번째로 온 제일 어린 아이는, 비대에 손가락이 닿았다고 생각했는지 갑자기 물었어요…… 이렇게……."

그녀는 붕대로 감은 왼손 중지를 내보였다.

"……봐라. 앞으로 그런 주제넘은 짓은 하지 마."

꾸짖고 나서 나는 평소대로 진찰에 들어갔지만, 그녀는 문병 가려는 나를 굳이 말리려는 기색도 보이지 않았다.

그러나 오후 1시부터 3시까지의 휴식 시간이 되어, 잠시 모미지자카의 자택으로 돌아가려 했는데, 현관에 들어서자 그녀가 또다시 내 앞으로 달려와 시무룩한 표정으로 고개를 숙였다.

"선생님. 죄송합니다만, 오늘 오후부터 잠깐 휴가를 내고 싶습니다."

"음. 오늘은 수술이 없으니 나가도 좋지만…… 어디에 가나?"

"저…… 시라타카 선생님 사모님 댁에, 문병 가고 싶어요. 아무래도 한번 찾아뵈어야…… 할 것 같아서……."

"음. 그거 마침 잘됐군. 나도 오늘 밤에 가려고 생각하고 있으니, 그렇게 말해 두게."

"감사합니다. 그럼 다녀오겠습니다."

"조심해서 다녀오게. 날씨도 이제 갤 테니."

그녀와 내가 이런 식으로 뭉클하게 우울한 어조로 말을 나눈 것은 이때가 처음이었던 것 같다. 어쩐지 불길한 예감이 들었다고나 할까. 아니면 그때 이미, 그녀는 시라타카 선생님과 관련된 일이 절체절명의 파국으로 치닫고 있음을 어렴풋이 느끼고 있었는지도 모른다. 설명할 길이 없는 그 우울이, 내 신경에 전해졌던 것일지도 모르지만…….

평소처럼 병원을 닫은 나는, 비 갠 뒤의 노란 석양 속을 모미지자카의 자택으로 돌아와 저녁 식사를 마쳤다. 그 김에, 시라타카 부인의 사건을 비교적 밝은 기분으로 지껄이고 있는 동안 말없이 시중을 들던 아내 마쓰코가 불쑥 엄청난 말을 꺼냈다.

"여보. 히메쿠사 씨의 이야기는 아무래도 이상하다고 생각해요."

"……흐음…… 어떻게 이상한데?"

"예전부터 생각했지만, 히메쿠사 씨가 소개한 시라타카 선생님을 당신이 도무지 뵙지 못한다는 게, 정말 이상했어요."

"뭐야, 그건 그냥 인연이 닿지 않았던 거야."

"아뇨, 그게 이상해요. 너무 인연이 닿지 않잖아요. 왠지 히메쿠사 씨가 공작해서 만나지 못하게 교묘히 꾸미고 있는 것 같은 기분이 들어요."

"하하하. 도저히 만날 수 없는 인간이라니 확실히 당신 취미로군. 탐정 소설, 탐정 소설……"

아내 마쓰코는, 여학교 시절부터 괴기 취미라는 탐정 취미 잡지의 탐독자로, 그 잡지에 물든 탓인지, 두뇌의 작용이 보통 여자와 달랐다. 마작의 텐파이를 맞히는 건 식은 죽 먹기고, 직업소개란의 세 줄짜리 광고 속 사기쯤은 심심할 때면 간파해 찾아냈다.

그녀는 전차 안에서 스쳐 지나가는 부인의 옷차림만 봐도, 그 부인의 수입 수준과 어울리지 않는 생활 방식을 단번에 간파해 비판하곤 했다. 그런 면에서 보면, 일종의 악취미를 지닌 여자였다. 그래서 내 아내이면서도, 때로는 섬뜩한 생각이 들거나 피로할 때가 없지는 않았다. 그러나 그런 아내의 머릿속에서 이루어지는 냉철한 사고의 움직임에 대해, 나는 속으로 대단하다는 감탄을 금할 수 없었다.

그래서 그때도, 나는 그녀가 히메쿠사 간호사를 의심하는 마음을 단순한 질투로 착각할 생각은 털끝만큼도 하지 않았다. 다만 '또 그 괴상한 취미가 시작됐구나'정도로만 여겼을 뿐이다. 그러나 그녀의 히메쿠사 유리코에 대한 의심 속에는, 어딘가 예사롭지 않은 기운이 서려 있다는 예감이 분명히 느껴졌다. 혹시 모를 일에 대비해, 나는 일단 그녀의 생각을 차분히 검토해보기로 했다.

시라타카 선생님을 도무지 만날 수 없다는 건 이상하다고 하면 이상한 일이었다. 하지만 논리보다 중요한 건 증거다. 오늘 밤, 직접 나가서 기어코 만나보고 오면 되지 않겠는가.

"네. ……하지만 만나시면…… 왠지 큰일이 일어날 것 같은 기분이 들어요. 설명할 수는 없지만, 정말 그래요……."

"아하하. 만나자마자 펑 하고 폭탄이라도 터지겠어."

"네. 그런 예감이 들어요. 예전에 신문에서 본 적이 있죠. 몇 번을 두드려도 터지지 않던 노획 포탄이, 살짝 굴러간 충격에 폭발해서 모든 게 엉망이 됐다는 기사요. 이번 일도 그것과 닮은 것 같아요. 왠지 가슴이 두근거려요."

"하하. 점점 더 괴상해지는 취미로군. 게다가 만화 같은 소리야. 애덤슨인가 뭔가……"

"오호호, 그보다 훨씬 심한 느낌이에요."

"아하하. 악취미로군. 그래도 오늘 만나지 못하면, 도대체 뭐가 어떻게 된다는거야?"

"아니에요. 오늘 밤엔 반드시 당신이 시라타카 선생님을 만나게 될 거예요. 그러면 모든 게 분명해질 거예요."

"명탐정이 다 됐네. 그런데 왜 그렇게 확신하지?"

"오늘 밤 경술회는 어디서 열리나요?"

"마루노우치 클럽이지."

"그럼 지금 그곳으로 가 보세요. 분명 시라타카 선생님이 계실 거예요."

"바보 같은 소리. 부인이 아픈데 거길 가겠어?"

"풋, 당신 바보같네요, 아직도 그 '졸도 소동'을 믿고 계시는군요……."

"믿고말고…… 그래서 문병 가려던 참이잖아."

"그건 그만두세요. 모르는 척하고 경술회에 참석해 보세요. 분명, '진짜 시라타카 선생님'이 계실 테니까……."

"……진짜 시라타카 선생님. 흐음, 그럼 지금까지의 시라타카 선생님은 히메쿠사 유리코가 만들어낸 그림자 인형이라는 거군."

"네, 그래요. 왠지 그런 기분이 계속 들어요. 그 아이의 집안이 유복하다는 것도 믿을 수 없다는 생각이 들고, 나이가 열아홉이라는 것도 말이 안 된다 생각해요……."

"어떤 걸 보고?"

"…… 그 아이가 병원 복도에 멈춰 서서, 무언가 풀이 죽어 생각에 잠겨 있는 옆모습을, 저번에 약국 창문에서 가만히 보고 있었던 적이 있어요. 그랬더니 눈꼬리와 턱께에 작은 주름이 잔뜩 있었어요. 도저히 스물다섯, 여섯의 중년 여인으로밖에 보이지 않았어요."

"흐음. 왠지 이야기가 무시무시해지네. 히메쿠사 유리코의 정체를 점점 알 수 없어지는군. 유령처럼……."

"그뿐만이 아니에요. 그 옆모습을 단 한 번 본 것만으로, 몹시 가난해 보이고 비참한 집안의 딸로 보였어요. 할머니 같은 구부정한 모습이 되어서요. 이런 식으로……."

"괴담, 괴담이다—…… 뭔가 '꺄악' 하고 나올 것 같군."

"놀리지 마세요. 진지한 이야기예요. 평소는 화장과 기분으로 속 젊고, 순진하게 보이게 하는 거겠지만, 아무도 보지 않는다고 생각하고 생각에 잠겨 있을 때는, 완전히 기운이 빠져 있으니까, 그런 식으로 본성이 드러나는 게 아닐까 생각해요."

"웁. 대단한 명탐정 납셨군. 당신, 탐정 소설가나 되어야겠어. 분명 성공할 거야."

"어머. 저 진지하게 말하고 있는 거예요. 정말로 그 사람은 이상해요."

"그렇게 말하는 당신 쪽이 훨씬 더 이상해."

"얄미워, 정말."

"좀 더 상식적으로 생각해 보면 어때. 첫째, 그 아이가 말이야. 히메쿠사 유리코가 무슨 필요가 있어서 그런 뼈 빠지는 거짓을 교묘히 꾸몄는지 그 이유조차 밝혀지지 않았잖아. 지금까지 가져온 선물만 해도 결코 적은 금액이 아니고. 게다가 있지도 않은 또 한 명의 '시라타카 선생님'을 만들어, 전화를 걸게 하고, 가부키에 초대하고, 카스테라를 보내고, 감기에 걸리게 하고, 히라쓰카로 왕진 가게 하고, 부인을 미쓰코시 현관에서 쓰러지게까지 했다지 않나. 이렇게 복잡한 이야기를 꾸며내려면 보통 품이 드는 게 아닐 텐데, 하물며 우리를 이렇게까지 속여 가며 견뎌야 했을 심리적 부담을 생각해 봐. 생각만 해도 소름이 돋지 않나……."

"……저는요, 그건 결국 저 아이의 허영심이라고 생각해요. 그런 사람의 마음, 왠지 이해가 될 것 같아요."

"음. 수상한 결론이군. 무섭도록 헛수고하는 허영이잖아?"

"네, 하지만 그 사람은 그냥 착실하게 살고 싶고, 모두에게 믿음직한 사람으로 보이고 싶은 거예요. 그게 바로 그 사람의 허영심이에요. 그래서 자꾸 거짓말을 하게 되는 거예요."

"그게 제일 이상해. 첫째, 그렇게까지 해서 이쪽의 신용을 얻을 필요가 어디에 있지. 간호사로서의 수완은 제대로 인정받고 있고, 집안이 유복하든 가난하든 간호사로서의 자격이나 신용에는 무관할 텐데. 그 정도의 일도 모르는 바보는 아닐 거라고 생각하는데."

"네, 그야 알고 있어요. 설령 어떤 여자라도 현재 우리 병원의 소중한 마스코트니까, 의심하거나 하면 안 된다고 생각해요…… 하지만 매달 2일이나 3일이 되면 도장 찍듯이 시라타카 선생님의 이야기가 나오잖아요. 이상해요……"

"그야 경술회가 그 무렵에 있으니까…."

"그래도…… 역시 이상해요. 애초에 만날 수 없는 일이잖아요…… 오호호……."

"그러니까 말했잖아. 인연이 닿지 않는 거라고……."

"그러니까요. 그게 이상하다고 말하고 있잖아요. 인연이 닿지 않는다는 게… 왠지 신비롭지 않나요?"

"그만둬, 그만둬. 시시해. 당신과 논쟁하면 이야기가 언제나 맴돌아. 신비고 똥이고 있을 리가 있나. 시라타카 선생을 만나면 알게 될 거야. ……차 좀 줘……."

나는 말없이 저녁 식사 젓가락을 놓고 새로 맞춘 프록코트로 갈아입었다. 누구도 의심하지 않는 히메쿠사 유리코의 정체를 여기까지 의심해 온 아내의 머리를 성가시게 여기면서…….

'어쨌든 오늘 밤은 꼭 시라타카 씨를 만나 봐야겠어. 돌을 일으키고 기와를 뒤집어서라도. 하하하. 큰일이 되어 버렸

군…….'

사쿠라기초에서 2엔을 쥐여 주고 택시를 잡은 것이, 아마도 저녁 8시 반쯤이었을 것이다. 결국 아내의 말대로 되는 꼴이라, 잠시 불쾌한 기분이 들었지만, 막상 차에 타고 나니 생각이 달라졌다. 미로처럼 뒤얽힌 시모로쿠반초의 어둠 속을 맴도는 것보다는, 차라리 익숙한 마루노우치 클럽으로 곧장 가는 편이 낫겠다 싶었다.

클럽 현관에서 시중드는 사람에게 물으니 "경술회는 오늘 저녁입니다. 7시쯤부터 손님들이 모여 지금은 이미 프로그램이 진행 중입니다."라는 대답이 돌아왔다.

그 시중드는 사람에게 안내되어 넓은 코르크 깔린 계단을 말없이 올라갔지만, 올라갈수록 층 전체에 가득 찬 고조된 레코드와 무도회의 웅성거림에 눈치챘다.

나는 댄스는 초보지만 자신은 있다. 재즈, 탱고, 폭스트롯, 찰스턴, 원스텝, 뭐든지 가능한 요코하마식이다. 지금 순서는 스패니시 원스텝의 마르키나 곡인 듯하지만, 상당히 들뜬 분위기여서, 계단을 올라가는 동안 시중드는 사람의 어깨에 손을 얹고 싶어지는 유혹을 느꼈다.

정말 놀랐다. 경술회라고 하면 근엄한 학술 보고회, 겸, 다과회 같은 것이라고 생각했는데, 제법 대단한 경기였다. 회비 10엔의 의미도 알 수 있고, 간사인 시라타카 씨의 만만치 않은 수완도 엿보였다. 이럴 줄 알았으면 딱딱한 프록코트 같은 건 입고 오지 말았어야 했는데……라고 생각하는 동안 대기실 같은 방으로 안내되었다. 보니 주위의 벽에서부터 탁자 위, 의자, 긴 의자, 작은 탁자 위까지 모자와 외투의 퇴적으로 가득하다. 어림잡아 5, 60명분은 될 것이다. 대회인 만큼 잘 모였다.

"여기서 잠시 기다려 주십시오. 지금 불러오겠습니다…."

시중드는 사람은 오른손의 문을 밀고 회장으로 들어갔다. 순간 재즈의 음향이 갑자기 크고 높아지면서 회장 내부가 힐끗 보였는데, 그 성황을 보고 나는 깜짝 놀랐다.

문 너머는 무섭게 넓은 홀로, 천장 전체에 오색의 거품 같은 것이 흔들흔들 안개처럼 끼어 있는 것은, 회원들의 손에서 도망친 풍선이었다. 그 아래를 소용돌이치는 남녀는 모두 턱시도, 후리소데, 양복, 무도복 등 오색칠채로 각각 몇 개의 풍선이 매달려 있다.

그 풍선의 물결이, 솟아오르는 듯한 음악의 리듬에 맞춰, 불가사의한 원형의 무지개처럼, 완만하게 뛰어오르고 뛰어오르며 홀 전체에 소용돌이를 일으키고 있다. 분홍색과 물색의 밝은 광선 속에서……라고 생각하는 동안 문이 딱 닫혔다.

문이 닫히자마자 레코드 소리가 멈췄다. 그에 따라 무도

회의 웅성거림이 중단되고, 조용해졌다고 생각할 겨를도 없이, 방금 닫힌 문이 반대쪽에서 열려, 빨강 하양 줄무늬의 삼각 종이 모자를 쓴 턱시도가 5, 6명 우르르 눈사태 쏟아져 들어와, 내 눈앞의 긴 의자에 겹쳐져 쓰러졌다. 넥타이가 비뚤어진 사람…… 커프스가 빠진 사람…… 코 옆에 옅은 붉은, 일부러 그런 듯한 립스틱이 묻은 사람…… 모두 흠뻑 취해 있는 듯, 나에게는 눈길도 주지 않고, 긴 의자 위에 겹쳐져, 서로 팔다리를 던져 댔다.

"아아…… 취했다. 어이…… 취했다, 나……."

"아아, 유쾌하구나…… 멋지구나, 오늘 밤은……."

"응. 멋져…… 시라타카 간사의 수완은 무섭구나. 멋져, 멋져…… 응, 멋져."

"놀랐네. 댄스홀을 세 개나 통째로 빌리다니…… 시라타카 군이 아니면 못 할 재주야."

"……시라타카 군 만세……."

한 사람이 뻥 뚫린 큰 소리를 냈지만, 그 남자가 몽롱 취한 눈을 부릅, 양손을 높이 들며 일어서려 하자, 맨 먼저 내가 있는 것을 눈치챈 듯, 깜짝 놀라 엉덩방아를 찧었다. 엉덩이 밑에 깔린 친구의 머리가 허공을 잡고 있는 것을 아랑곳하지 않고, 양손으로 무릎을 짚고, 새빨간 흐리멍덩한 눈으로 나의 프록코트 차림을 위아래로 훑어보더니, 갑자기 히죽 웃으며 입술을 핥아댔다.

"헤헷…… 마술사가 왔군."

"뭐야. 마술사라고. 어디서 하는데?"

"저기. 저기 서 있잖아."

"뭐야. 네놈이 마술사냐. 벌써, 늦었어. 젠장. 여흥은 끝났다고."

나는 갑자기 불쾌해져서 도망치고 싶어졌다. 상대방의 불손함이 화가 난 것이 아니다. 이런 어중간한 복장으로, 이런 곳에 뛰어들어 와, 막대기처럼 얼어붙어 있는 나 자신이 한심하고, 화가 나기 시작한 것이다. 그러나 모처럼 여기까지 온 것을 시라타카 씨를 만나지 못한 채 돌아가는 것도 아쉬운 마음이 들었다.

"어이. 생겼나, 피앙세가……"

"응. 두세 명 생겼어."

"두세 명…… 거짓말 마라"

"이 미스프린트[1]를 봐라"

"이요오오. 한턱내, 한턱내."

"아직, 내일이 되어 봐야, 알 수 없어. 피앙세가 아호이완

---

[1] '실제 인쇄물'을 말하는 것이 아니라, '서류나 신문에 그렇게 나왔다'는 식의 말장난.

세가 될지도 몰라.²"

"아하하하. 틀림없어. 해소 걸³이라는 녀석이 있으니까. 택시 안에서 해소한다니까. 택시는 괜찮냐고 해서……"

"또 시작했군. 이제 속지 않아."

"하아아아…… 아아아…… 이러쿵저러쿵 말해 봐도…… 안아 보지 않으면 에에…… 아하하. 뭐라고 말 좀 해 봐……"

"에이. 근대 마술은 탬버린 캐비닛 응용…… 택시 진행 중 해소의 한 막. 이 의식이 눈에 띄면 다음 재주…… 우선은 태부, 막하까지는 물러나 있겠습니다."

"어떤가, 프록코트의 선생. 고용해 주지 않겠나."

점점 도망칠 태세로 몸을 돌리려던 그때, 저편의 문이 조용히 열렸다. 나는 혹시나 싶어 그대로 굳어 있자, 시중드는 사람을 앞세운 한 신사가 나만큼 굳은 표정으로 문 앞으로 들어왔다. 그는 본격적인 무도복에 흰 조끼를 입은 호리호리한 중년 신사였는데, 빨강 하양 줄무늬의 삼각 모자를 오른손에 들고, 왼손에 쥔 명함을 내 얼굴과 비교하며 내 앞에 멈춰 섰다. 창백하고 우울한 얼굴을 하고 가만히 내려다보

---

2 아호이완세(アホイワンセ)는 일본어식 조어로, '아호(アホ, 바보)' + '이완세(피앙세를 흉내 낸 발음)' 즉, "피앙세(약혼자)가 아호이완세(바보 약혼자)"가 될지도 몰라 라는 익살스러운 농담.

3 1920~30년대 일본 사회 풍속어로 '약혼을 자주 파기하는 여자'를 뜻하는 속어.

았다.

취한 긴 의자 무리들이 일제히 조용해졌다. 모두 호기심이 어린 눈빛으로 나와 중년 신사의 얼굴을 번갈아 바라보기 시작했다.

나는 규슈 제국대학 재학 시절의 시라타카 씨 사진을 한 장 가지고 있었다. 규슈대 이비인후과 부장 K 박사를 중심으로 찍은 의국 전원의 단체 사진이었다. 그 사진은 시라타카 씨 이야기가 나올 때마다 아내나 누나에게 보여주며, 옛 시절을 회상할 때 쓰곤 했다. 그래서 나는 즉시 눈앞의 신사가 시라타카 선생임을 알아볼 수 있었다. 그리고 오랜 세월 동안 도무지 만날 수 없었던 그분을 이렇게 갑작스레 만나게 된 사실에, 진심으로 기쁘고 안도하는 마음이 일었다.

그런데 눈앞의 시라타카 선생은 이마에서 뒤통수에 이르기까지 머리숱이 꽤 넓게 벗겨져 계셨다. 나는 잠시 세월의 흐름을 새삼 실감하며 감회에 젖었다. 그러나 히메쿠사 간호사에게 들었던 인상 덕분에, 시라타카 선생이 유쾌하고 해학적인 분이라고 믿고 있었던 나는 그만 머리를 한 번 숙이고 말았다.

"이야, 시라타카 선생님 아니십니까. 저는 우스키입니다. 지난번에는 정말 감사했습니다."

나는 웃으며 한두 걸음 다가갔다. 말할 수 없는 그리움과,

아직 살아 계신다는 벅찬 감정이 가슴에 소용돌이쳤다…….
 그런데 나는 그다음 순간 당황하지 않을 수 없었다. 매우 불쾌하고 씁쓸한 표정을 지은 채, 희미하게 인사를 돌려준 시라타카 선생의 근엄하기 짝이 없는 무언의 태도 앞에서, 나는 몇 걸음 떨어진 채 정면으로 마주 선 채, 마치 막대기를 삼킨 듯 굳어 버려 2, 3분 동안이나 꼼짝없이 서 있을 수밖에 없었다. 아마 시라타카 씨는, 나의 이런 돌발적인 면회 방식이 너무 갑작스럽고 무례하게 느껴져 당황하고 계셨을 것이다. 하물며 오랫동안 교류가 없던 사람이 느닷없이 나타나 "지난번에는 고마웠습니다" 같은 인사를 건넨다면, 누구라도 일단은 경계하기 마련이지 않겠는가.
 어쩌면 세상 물정에 밝은 그분이, 경술회의 간사라는 위치 때문이라도 나를 댄스 연회에 나타난 사기꾼, 이른바 '프록 갱'으로 착각했을지도 모르겠다. 물론 그 사정은 확실하지 않다. 다만 그렇게 2, 3분간 서로 노려보듯 얼어붙은 채 서 있는 동안, 나는 더는 견딜 수 없게 되어 마침내 입을 열었다.
 "정말…… 몇 번이고 뵙지 못해서… 겨우 뵙게 되어 안심했습니다."
 나의 두 번째 인사는 어딘가 딱딱하고, 마치 형식적인 외교 인사에 가까웠던 것 같다. 그러나 시라타카 씨는 여전히 나를 뚫어지게 바라본 채, 두 손을 주머니에 찔러 넣고 있었다. 마치 정체 모를 사람에게 말을 거는 것은 위험하다고 느끼는 것처럼…….

그렇게 다시 10초 정도 침묵이 흐르는 사이, 넓은 홀 쪽에서 들뜬 분위기의 투스텝의 레코드가 "와아아――웅"하고 울려 퍼지기 시작했다.

겨드랑이 밑에서 얼음 같은 식은땀이 줄줄 떨어졌다. 나는 또다시 견딜 수 없게 되어 입술을 움직였다.

"그런데…… 부인의 병환은 어떠….."

"……에?……."

그때 시라타카 씨의 경악한 표정을 본 순간, 나는 '이제 모든 게 끝났다'고 생각했다.

"아내가…… 구미코가…… 어떻게 됐습니까?"

"네. 미쓰코시 현관에서 졸도하셨다고 해서……."

"에엣. 언제쯤입니까?"

"오늘 아침의…… 9시쯤……."

'와' 하는 홍소가 터졌다. 긴 의자에 앉아 귀를 기울이고 있던 턱시도 패거리들이 배를 잡고 구르기 시작했다. 웃음을 과장하다가 바닥 위로 미끄러져 떨어진 사람도 있었다.

나는 극도의 낭패에 빠졌다. 무례한 놈들……이라 생각하며 그놈들의 얼굴을 노려보았지만, 이것은 노려본 쪽이 무리였다.

 그러는 동안 혈색을 회복한 시라타카 씨의 입술이 조용히 움직이기 시작했다.

 "이상하군요. 아내는…… 구미코는 오늘 아침부터 교회의 회보를 쓴다고 하며 어디에도 가지 않았습니다. 무사히 집에 있었습니다.

 "네?…… 거짓말입니까. 그럼?……."

 "거짓말? 아직 아무 말도 하지 않았습니다. 저는 당신을 처음 뵙습니다."

 또 '와' 하고 일어나는 폭소…….
 …

 "히메쿠사 유리코 그년…… 젠장……."

 시라타카 씨는 갑자기 눈을 부릅, 반 걸음 정도 뒤 비틀거렸다. ……하지만 바로 버티고 서서, 이전의 근엄한 태도를 되찾았다. 걱정스러운 듯이 숨을 헐떡이며, 내 얼굴을 들여다보듯이 했다.

 "……히메쿠사…… 히메쿠사 유리코가 또…… 무언가, 했습니까?"

 "……옛……."

 나는 낭패에 낭패를 거듭할 뿐이었다.

 "……또 무언가……라고 말씀하셨습니까, 선생님. 선생님께서는 전부터 그 여자…… 유리코를 알고 계셨습니까?"

나는 무심코 말한 이 질문이 앞뒤가 맞지 않고, 엉뚱했다는 것을 깨달았다. 동시에, 무릎이 덜덜 떨리는 것을 뚜렷하게 느꼈다. 도와달라고 외치고 싶은 심정으로, 시라타카 씨의 다음 말을 기다렸다.

그때 맨 처음과는 다른 시중드는 사람 한 명이 계단을 뛰어 올라오는 소리가 났다.

"요코하마의 우스키 선생님 계십니까?"

"나요, 나……."

나는 안도하며 돌아보았다.

"전화입니다. 민우회 본부에서……."

"민우회 본부…… 누구라고 하나?"

"누군지 모르겠습니다만, 요코하마에서 오신 대의사 분이, 본부에서 졸도하셔서, 코피가 나와 멈추지 않으니…… 바로 선생님께서 와 주셨으면 한다고……."

"기다려…… 상대방 목소리는 남자인가 여자인가……."

"부인의 목소리로…… 젊은……."

시중드는 사람은 왠지 히죽히죽 웃었다.

"바보 같은, 이름도 모르는 사람한테 진찰하러 갈 수 있나? 이름부터 물어보고 와. 그리고 명함이 있는 사람이 직접 마중 오라 해."

이 말은 내 멋쩍음을 감추려는 허세였고, 함께 있던 사람들도 그 정도는 알아차렸을 것이다. 하지만 그때의 내 심정은 그렇게 여유롭지 않았다. '졸도해서 코피가 멈추지 않는다'는 그 한마디에 머리가 핑 돌며, 아침에 들은 시라타카 부인에 관한 이야기가 즉시 떠올랐다.

그 여자…… 히메쿠사 유리코는 코피가 멈추지 않을 때 이비인후과 의사가 얼마나 곤란하고 당황하는지를 어디선가 실제로 보고 알고 있었을 것이다. 그래서 내가 경술회에 몰래 참석한 사실을 전화나 다른 방법으로 알아차린 그녀는, 너무 당황한 나머지 같은 날 같은 증상의 환자를 두 번이나 내게 보내는 서투른 방식으로라도 나와 시라타카 씨의 만남을 막아 보려 했던 것 같다. 절박한 마음으로 마지막 희망을 걸었던 것이 아닐까. 물론 단순한 우연의 일치라고 볼 수도 있겠지만, 막상 그녀를 의심하는 입장이 되어 보니 도저히 그렇게는 생각되지 않았다. 그때 비로소, 히메쿠사 유리코의 불가사의한 머릿속 계획에 완벽히 말려든 내 처지를 어렴풋이 자각한 것 같았다.

나는 일생 동안 이때만큼 무의미한 낭패를 거듭한 적은 없다. 나는 그 자리에 함께 있던 사람들과 시라타카 씨에게 깔끔하게 고개를 숙인 뒤, 말없이 휙 하고 방을 나왔다. 뒤에서 폭소가 터지고, 이어 껄껄하는 웃음소리가 재즈 선율 속에 섞여 내 프록코트 등 뒤로 흘러왔다. 나는 황급히 계단을 뛰어내려가 택시를 잡아 도쿄역으로 향했다. 마음을 가라앉히고 싶어 일부러 2등석 표를 사서 사쿠라기초행 열차에 올랐다. 괜히 요코하마의 집에서 심상치 않은 일이 일어나고 있을지도 모른다는 생각이 들었다. 아내가 즐겨 읽는 탐정소설에서도, 주인공이 집을 비운 사이에 사건이 터지지 않는가……그렇게 별생각 없이도 불안한 상상이 자꾸만 머릿속을 맴돌며, 나를 견딜 수 없는 초조 속으로 몰아넣었다. 그때 내 맥박은 분명 100 이상으로 뛰고 있었을 것이다.

하지만 아무도 없는 2등차의 부드러운 쿠션 위에 털썩 주저앉아 담배에 불을 붙이자마자, 내 마음속에는 또 한 번의 중대한 변화가 일어났다. 창밖으로 긴자의 네온사인이 아름다운 가랑비 속을 미끄러져 가는 것을 멍하니 바라보는 동안, 나는 그 순간, 아무것도 분명히 알지 못한 채, 의미도, 끝도 없이 당황하고 있는 스스로를 점점 더 뼈저리게 자각하기 시작했다.

'나는 왜 그렇게 서둘러 뛰쳐나왔을까. 왜 조금만 더 머물러서 히메쿠사에 대해 시라타카 씨에게 물어보지 않았을까. 시라타카 씨는 분명 그녀에 대해 잘 알고 있는 듯한 말투였는데…… 다시 시라타카 씨를 만날 수 있을지도 모르는데……' 하고 깨달았던 것이다.

'어쨌든 시라타카 씨와 히메쿠사 유리코가 전혀, 무관하지 않은 것은 확실하군. 내가 아는 것 외에 히메쿠사 유리코는 시라타카 씨에 관하여 무언가를 알고, 시라타카 씨도 히메쿠사 유리코에 관하여는 무언가를 알고 있을 텐데……'

그렇게 생각하자, 내 머릿속에 또다시 그 마루노우치 클럽의 넓은 방을 소용돌이치는, 불타오르는 듯한 파소도블레의 행진곡이 떠다니기 시작했다.

나는 다시 한번 그녀를 믿고 싶어졌다. 아무리 생각해봐도, 그녀가 이렇게까지 정교하고 집요한 거짓을 꾸며 우리를 속일 이유가 뭐가 있는지 도무지 떠오르지 않았다. 오히려 어쩌면 나는, 히메쿠사 유리코에게 한 방 먹기 전에 이미 시라타카 씨에게 한 차례 속고 있는지도 모르겠다……고 생각했다. 무엇보다, 지난번 전화에서 들었던 시라타카 씨의 밝고 경쾌한 음성과, 오늘 마주한 시라타카 씨의 쉰 듯 가라앉은 목소리가 전혀 달랐다는 사실이 떠올랐다.

……그렇다. 시라타카 씨는 고의로 그렇게 냉엄한 태도를 취해 시골뜨기 후배인 나를 희롱한 것인지도 모른다. 나중에 크게 웃으려는 심산인지도 모른다. 도쿄에서 열리는 경술회에 참석해 이 바닥의 잘나가는 패거리와 교류하고 인맥을 쌓는 일은 지방 개업의로서 명예이자 큰 이익이 될 수 있다. 그런 점에서 나보다 훨씬 유리한 위치에 있는 시라타카

씨는, 내가 참석할 것을 미리 알고 일부러 성격을 꾸며가며 이런저런 장난을 치고 있었는지도 모른다.

그렇다, 그 편이 가능성 있는 설명이다. 그 계획이 보기 좋게 맞아 떨어졌기에, 그렇게 다들 웃었던 것인지도 모른다.

……하지만 그런 생각까지 하게 된 것은, 아마도 내가 원래 그런 장난을 좋아하고, 징역에 가지 않을 정도의 가벼운 전과가 있을 만큼 유쾌한 기질의 인간이었기 때문일 것이다. 즉, 지금의 추측은 결국 그런 나 자신의 성향에 빗대어 헤아린 억측에 지나지 않았을 것이다.

동시에 내 마음속에는 히메쿠사 유리코가 심어둔, 시라타카 씨에 대한 선입견이 크게 작용하고 있었다. 어떻게든 그런 식으로라도 생각을 붙잡아 마음을 진정시키지 않으면, 이내 형언할 수 없을 정도로 비상식적이고 무서운 불안이 밀려올 것 같았다. 전차 안에 가만히 30분 동안 버티는 일조차 견딜 수 없을 듯했다. 전차가 덜컹거리며 암흑으로 깔린 평야를 서쪽으로, 또 서쪽으로 달릴수록 이상하게 공포감이 커졌고, 심지어 도중에 뛰어내리고 싶은 충동마저 일었다. 나는 마치 탐정 소설 속 주인공처럼, 이해할 수 없는 음울한 흥분의 밑바닥에 사로잡혀 있었다.

'요코하마로 돌아가면.... 나의 가족과 나의 병원이, 히메쿠사 유리코와 함께 어딘가로 사라져 버리지는 않을까...' 이런 어처구니 없는 상상이, 머릿속에서 끝없이 피어올랐다.

사쿠라기초역에 도착한 게 몇 시쯤이었을까. 역에서 가까운 모미지자카의 자택으로, 비 갠 뒤의 길을 두근거리는 가슴을 안고 서둘러 걷고 있을 때였다. 갑자기 뒤쪽, 어둠에 젖은 소맷자락 사이로 슬프고 낮은 목소리가 들렸다.

"……우스키 선생……님"

나는 마치 예상하고 있었던 것처럼 흠칫하며 멈춰 섰다. 그것은 의심할 여지 없는 유리코의 목소리였다. 유리코는 오늘 오후 외출했을 때와 같은 차림이었다. 검은 남자용 양산을 들고 있었고, 밤빛 속에서도 목덜미의 하얀 분칠이 또렷이 드러났다. 다만 기분 탓인지, 그녀의 눈가가 평소보다 검게 느껴졌다. 그녀는 그 양산을 펼쳐 남의 눈을 피하듯이 나에게 다가섰다. 그리고 평소의 쾌활함은 흔적도 없이, 음침하지만 또렷한 어조로 물었다.

"선생님. 경술회에 가셨나요……?"

"응. 갔어."

"시라타카 선생님과 만나신 건가요……?……"

"……응…… 만났어."

"시라타카 선생님은 기뻐하셨나요…?"

"아니. 아주 퉁명스러웠어. 이상한 사람이군. 그 선생님은……"

나는 얼마간, 비꼬는 어투로 그렇게 말할 생각이었지만, 그녀는 벌써 오래전에 나의 이러한 말을 예상하고 있었던 것처럼, 내 얼굴을 힐끗 보더니, 외로운 미소를 옆얼굴에 띄워 보이며 고개를 끄덕였다.

"네. 분명 그럴 거라고 생각했어요. 하지만 선생님…… 시라타카 선생님은 정말로 그런 분이 아니에요."

"흐음. 역시 쾌활한 남자인가…."

"네. 아주 재미있고 솔직한 분…."

"이상하군. 그럼…… 어째서 나에게 그런 실례되는 태도를 취했을까?"

"선생님…… 그 일에 대해 꼭 말씀드리고 싶어서, 오늘 낮부터 여기 서서 선생님 퇴근만 기다리고 있었어요. 그런데…… 선생님이 전차를 타고 오시는지, 자동차를 타고 오시는지 몰랐거든요."

그렇게 말하면서 그녀는 두세 번, 화려한 축 소매[4]를 얼굴 가까이로 살짝 가져다 댔다. 그러나 여전히 젊은 아가씨다운 당당한 태도로, 다소 분개한 듯한 어조를 섞어 가며 놀라운 이야기를 하기 시작했다.

나는 그때 그녀에게서 들은 시라타카 선생님의 가정에 관

---

4 일본 전통 의복에서 소매가 짧고 좁은 기모노 형태

한 충격적인 비밀을 여기에 숨김없이 기록해 둔다. 이것은 결코 시라타카 선생님 가정의 신성함을 모독하는 뜻은 아니다. 오히려 나는 그분의 인격을 누구보다 존경하고 깊이 신뢰하고 있음을 먼저 밝혀둔다. 다만, 히메쿠사 유리코라는 '거짓말의 천재'가 얼마나 놀라울 정도로 생생하고 사실적인 허구를 빚어내는지를 보여주기 위해서다.

이 이야기는 보통 사람의 상상이나 거짓말로는 결코 지어낼 수 없는, 참혹하고 파국적인 장면이었다. 그녀는 그것을 번개처럼 번뜩이는 재능으로…… 마치 '십계화식'의 창작과 각색 기술을 구사하듯 놀랍도록 선명하고 예술적인 이야기로 엮어냈다.

나는 자정 무렵, 빛과 소음이 강물처럼 흐르는 사쿠라기초 전차길 인도를 그녀와 나란히 걸었다. 그리고 그녀가 "진상"이라고 부른 그 놀라운 이야기를 끝까지 귀 귀울여 들었다.

시라타카 씨…… 오늘 만났을 때만 해도 그토록 근엄해 보였던 그는, K대 이비인후과에 재직 중에 히메쿠사 유리코를 누구보다도 귀하게 여기고, 애지중지했다고 한다. 그리고 병원에 당직을 서는 날 밤이면, 그의 그런 애정은 여러 번 어떤 선을 넘으려는 지점까지 다다랐다고, 그녀는 덧붙였다.

그러나 물론, 그녀는 그것을 기뻐하지 않았다. 유리코의 꿈은 따로 있었다. 간호사로서 착실히 경력과 교양을 쌓고, 언젠가는 여의사 자격까지 얻은 뒤, 자신이 믿을 만한 신사와 결혼해 대도쿄 한복판에 병원을 열어 함께 일하는 것. 그리고 언젠가 둘이 나란히 손을 잡고 화려하게 고향에 내려가는 것이 그녀 인생의 목표였다. 그래서 이유도 없이 남의 장난거리, 희롱의 대상이 되는 일을 누구보다 두려워했다. 결국 그녀는 벼랑 끝에 몰린 심정으로 이 일을 직접 시라타카 씨의 아내, 구미코 부인에게 호소하기로 결심했다고 말했다.

그런데 구미코 부인은 그녀의 상상대로, 보기 드문 현명하고 정숙한 여성이었다. 세상의 보통 부인이라면 이런 경우에, 남편의 죄는 불문에 부치고, 당사자인 무고한 여성의 존재를 죽도록 부정하고, 증오했을 것이다. 그러나 사리분별이 밝고 남편의 미래까지 생각하는 구미코 부인은 달랐다. 그녀는 유리코의 결백한 태도를 오히려 기쁘게 여겼다.

그리고 그녀를 마음 깊이 가엾게 여기며, 곁에 두고 오래도록 돌봐주고 싶어했다. 잘못된 오해가 생기지 않도록, 올해 2월 이후에는 시모로쿠반초의 자택에 유리코가 숙식하도록 조처했지만, 이에 대해서는 역시 시라타카 씨도, 감히 한 마디의 항의조차 못했다고 한다.

하지만 뜻밖에도, 구미코 부인의 이러한 호의는 유리코의 직업을 잃게 하는 원인이 되었다. 유리코의 간호사로서의 우수한 솜씨를 평소부터 시기하던 동료 간호사들은, 그녀가 과분한 총애를 받는 것을 질투하여, "시라타카 선생의 둘째 부인"이라는 황당한 소문을 꾸며 퍼뜨리기 시작한 것이다. 그 결과 유리코는 구미코 부인에게 미안한 마음을 견디지 못해 직접 물러나겠다고 사직을 청했고, 부인 또한 눈물을 흘리며 이를 받아들였다. 그녀는 유리코에게 넘칠 만큼의 위로금과 따뜻한 작별 인사를 건넸고, 유리코는 마치 언니와 동생이 생이별하는 듯한 심정으로 시타야에 있는 이모 집으로 거처를 옮겼다고 한다.

그것이 올해 5월 초의 일이다. 그 후 여러 곳을 전전하며 일자리를 찾던 그녀는, 마침내 우스키 병원에 자리를 잡고 한숨을 돌렸다고 말했다. 이것이 바로 그녀의 고백이었다.

"……그러니까, 왜 시라타카 선생님이 우스키 선생님을 피하시는지, 사실은 저 알고 있었어요. 오늘 시라타카 사모님을 찾아뵙고, 지금까지 제가 마음고생한 일을 전부 말씀드렸거든요. '만약 나중에 우스키 선생님이랑 시라타카 선생님이 친해지셔서, 그때 이런 사정이 알려지면, 시라타카 선생님 미안한 마음에 저를 내쫓으시면 어떡하냐'고 여쭤봤어요. ……그랬더니 사모님께서도 눈물을 흘리시면서, '그런 걱정은 절대 할 필요 없다. 앞으로 무슨 일이 있더라도 우스키 선생님 병원을 나와서는 안 된다. 조만간 내가 직접 말씀드리겠다.'고 하시는 거예요. 정말 감사한 말씀이었어요…… 그래서 저도 마음이 놓여서, 안심하고 요코하마로 돌아온 거예요.

그런데 오늘 선생님이 시라타카 선생님을 만나셨다고 하니…… 그분이 어떤 태도를 보이셨을지, 생각만 해도 불안해서 견딜 수가 없었어요. 재치 있는 분이시니 의외로 아무렇지 않게 대하실지도 모르겠지만, 또 잘 생각해 보면 남자들은 이런 일에 있어서는 상당히 과감하잖아요…… 어머, 실례했습니다. 호호…… 그렇게 생각하니, 무섭고 떨려서 어쩔 수 없었어요. 어쩌면 시라타카 선생님은, 지금까지의 일을 하나도 모르는 듯한 얼굴을 하시고, 퉁명스럽게 굴지도 몰라요. 그리고 아무 말 없이 제 존재를 지워 버리셨을지도 몰라요. 저를 뿌리도 잎도 없는[5] 거짓말쟁이 여자로 만들어 버리실지도 모른다고 생각하니…… 저기서 선생님의 퇴근을 기다리는 것 외에는 아무것도 할 수 없었어요.

---

5 일본어 관용표현 「根も葉もない」를 옮긴 말로, 문자 그대로는 "뿌리도 잎도 없다"는 뜻이다. 실체(뿌리)도 겉으로 드러난 모습(잎)도 없다는 데서, 아무 근거도 없는 말·터무니없는 소문을 가리키는 표현으로 쓰인다. 여기서는 "완전히 근거 없는 거짓말쟁이로 보이게 된다"는 불안과 자기비하를 과장된 이미지로 드러낸 말이다.

……네, 우스키 선생님. 처음에 시라타카 선생님께 소개해 달라고 말씀하셨을 때, 제가 완전히 우울해져서, 주저했던거 기억하시죠? 저, 그때 왠지 이런 일이 일어날 것 같은 예감이 들어서 그렇게 주저했던 거에요. 그래도 선생님이 간곡히 부탁하시니, 과감하게 제 일 같은 건 상관없다 생각하고, 시라타카 선생님께 전화를 걸었던 거에요.

……네…… 우스키 선생님. 이제 왜 시라타카 선생님이 도무지 선생님을 만나려고 하지 않으셨는지 아시겠죠? 시라타카 선생님은, 분명 선생님께서 이미 저한테서 모든 이야기를 다 들으셨을 거라고 생각하신 거에요. 그래서 선생님을 뵙는 것 자체를 두려워하셨던 거죠…… 그러니까, 한 번은 꼭 뵈어야 한다, 하지만 차마 만나고 싶지 않다…… 그런 마음 사이에서 갈등하시다가, 그렇게까지 하면서 온갖 책략을 몇 번이나 쓰셨던 게 틀림없다고 생각해요. 저…… 시라타카 선생님의 그런 마음을 알고 있었기 때문에, 너무 분해서…….

……저…… 남의 집 비밀 같은 건 함부로 떠벌리고 다니는 여자가 아닌데…… 이렇게까지 부당하게 취급하시다니요…… 전부 다 선생님을 위해서만 생각한 일인데…… K대에서도 선생님을 위해 그렇게 열심히 일했는데…… 너무해요, 정말 너무해요…….″

그녀는 길가 자갈더미에 뿌려진 석회 위로 검은 양산을 던져 버리더니, 두 팔 소매로 얼굴을 가리고 흐느끼기 시작했다.

문득 정신을 차리고 보니, 우리 둘은 어느새 모미지자카 저택의 돌계단 아래까지 와서 서로 마주 선 채 서 있었다. 마침 지나가던 노동자 비슷한 사내 둘, 셋이 우리를 힐끗 돌아보고 이상한 눈빛을 남기고 갔다. 저 패거리들 눈에는 지금 우리 두 사람이 어떻게 보였을까….

나는 간신히 그녀를 달래 병원으로 돌려보냈다. 하지만 그때 내가 어떤 말로 그녀를 위로했는지는, 지금은 전혀 기억나지 않는다.

바로 옆 돌계단을 올라 골목 막다른 곳에 있는 집 현관의 낡은 격자문을 여는 순간, 안방의 괘종시계가 한 시를 알렸다. 시계가 스무 분은 빠르다 쳐도, 유리코와 꽤 오래 이야기를 나누었구나 싶어 나는 혼자 얼굴이 달아올랐다. 그리고 집 안 가득한 이 무사태평한 기운을 살피고는, 나도 모르게 후우— 하고 가슴을 쓸어내렸다.

그런데 그 안심은 요컨대 나의 일시적인 헛된 기쁨에 지나지 않았다. 전차 안에서 내가 계속 품고 왔던 일종의 기이한 귀태관념은, 역시 의외천만 한 의미로 보기 좋게 적중하고 있었던 것이었다.

문득, 흥분을 감추지 못한 기색으로 잠옷 차림의 누나와 아내가 황급히 현관으로 달려 나왔다. 그들의 얼굴은 흰 종이처럼 질려 있었고, 내가 문턱을 넘기도 전에, 두 사람은 거의 멱살이라도 잡을 듯한 기세로 입을 모아 외쳤다.
"시라타카 선생님을 만나셨어요?"
"응, 만났어."
"히메쿠사 씨와는……."
"지금 여기까지 이야기하며 왔어."
누나와 아내는 얼굴을 마주 보았다. 말없는 두 사람의 뺨에는, 공포의 빛이 역력히 떠올라 있었다. 그 얼굴을 보며 쥐색 중절모를 벗는 순간, 탐정 소설의 심야의 한 페이지 속에서 있는 나 자신을 발견한 듯한 섬뜩한 기운이 온몸을 휘감았다.
"히메쿠사 씨와 어떤 이야기를 하셨어요?"
"음. 자, 누나랑 당신부터 이야기해 봐."
"당신부터 이야기해 보세요."
"……바보…… 똑같은 거잖아. 이야기해 봐."
"하지만 당신……."
"차 마시는 방으로 가자. 목 마르다."
그 후 뜨거운 반차를 마시며 두 여자의 말을 듣고 있자니, 방금 전까지 내 머릿속에서 굴러가던 기묘한 가정비극의 무대가 어느새 완전히 뒤바뀌어 있었다.

내가 집을 비운 사이, 병중에 누워 있을 터인 시라타카 구미코 부인이 우스키 병원으로 전화를 걸어왔다는 것이다. 그것은 약 두 시간 전, 나와 면회를 마친 시라타카 조교수가 곧장 시모로쿠반초 자택으로 전화한 뒤의 일이었던 듯하다. 부인의 목소리는 냉정하면서도 더없이 우의적이었고, 우리 집안에 대해 일종의 경고를 전했다. 전화를 받은 사람은 내 아내 마쓰코였는데, 그때 부인에게서 들은 사정이란, 여자 귀로 듣기에도 간담이 서늘해질 만한 이야기뿐이었다고 한다.

물론 히메쿠사 유리코의 말에 일부 사실도 있었다. 그녀가 K대 이비인후과에 있었던 그 히메쿠사 유리코와 동일인임은 틀림없었고, 간호사로서의 솜씨가 경이로울 만큼 뛰어난 천재적 재능이었다는 점도 사실이었다. 하지만 동시에, 경이로울 만큼 뛰어난 '천재적 거짓말'의 명수였다는 것도 주지의 사실이었다.

조금이라도 사회적으로 이름이 알려진 환자가 K대 이비인후과에 입원하기만 하면, 유리코는 특유의 민첩한 외교 수완으로 다른 이들을 밀어내고 간호를 도맡았다. 그리고는 그들로 하여금 "첫째도 히메쿠사, 둘째도 히메쿠사"라고 말하게 만들 정도였다.

그 결과—수단은 알 수 없으나—그런 환자들에게서 받았다는 귀중품을 동료들에게 자랑스럽게 과시한 일이 한두 번이 아니었다.

그뿐만이 아니다. 그녀는 그런 유력한 집안 사람과 약혼했다느니 하고 태연히 떠벌리다가, 끝내는 한때 입원했던 영화배우인지 누구의 아이를 가졌다며 낙태를 해야 한다고 간호사장에게 뻔뻔스레 털어놓고 오랫동안 병원을 쉬기도 했다.

그 외에도 의원 갑을과 자신 사이의 관계를 스스로 그럴듯하게 소문으로 퍼뜨려 풍기를 어지럽히는 일이 잦았고, 마침내 K대 이비인후과장 오나기 교수의 호의적인 결정으로 유시퇴직 처분을 받게 되었다고 한다.

그러나 이전부터 감리교의 독신자였던 시라타카 구미코 부인은, 평소부터 그녀의 그러한 악습에 대하여 일종의 동정을 가지고 있었다. 그리고 그녀의 재능과 장래를 깊이 아쉬워했던 듯, 그녀가 해고되자마자 자택으로 데려와, 있는 힘껏 애를 써서 거짓말을 말하지 않도록 교육했다. 그리스도의 이름으로 그녀의 악습을 봉인하려 시도했던 것이었다.

그런데, 그것이 그녀에게는 견딜 수 없이 답답했던 모양이다. 마침내 무단으로 시라타카가를 뛰쳐나가 행방을 감춰 버렸으므로, 어디로 갔을까 하고 밤낮으로 구미코 부인이 걱정하고 있던 중 갑자기, 금년 6월 초쯤, 유리코로부터 전화가 걸려 와, '지금은 요코하마의 우스키 병원에 있다. 집을 나온 후, 거짓말하는 것을 딱 그만두고, 우스키 선생님으로부터 신용받고 있으니, 이전의 일은, 부디 돕는 셈 치고 비밀로 해 주시기 바란다'……는 지극히 시무룩한 말투였다고 한다.

그러나 유리코의 성격을 꿰뚫고 있던 시라타카 부부는 그 말을 쉽게 믿지 않았다. 오히려 그녀가 다시 허구를 꾸며 우스키 가문을 교란시키려는 것은 아닐까 하는 불안을 지울 수 없었다. 혹시 K대나 시라타카 가문에 관한 엉터리 이야기를 꾸며 우스키 선생에게 믿게 하고 있는지도 모른다고 생각했다. 그런 걱정에 시라타카 부인은 몰래 아내 마쓰코 앞으로 여러 번 편지를 보내, 유리코의 근황을 물었다. 그러나 그 편지들은 아마 유리코가 가로채 버린 모양이었다. 한 번도 답장이 오지 않았던 것이다.

그 뒤로 시라타카 부인의 불안은 더욱 커졌다. 혹시 우스키 가의 사람들이 그 거짓말쟁이의 말을 곧이곧대로 믿고, 시라타카 부부를 경멸하며 아예 관계를 끊기로 한 것은 아닐까 하는 의심이 들었다. 그렇다고 너무 집요하게 교류를 시도하면, 오히려 자신들이 곤란에 처할 것 같기도 했다. 이런저런 염려가 얽히며, 부인은 형언할 수 없는 답답함과 불쾌한 불안 속으로 점점 깊이 빠져들어 갔다.

특히 예민하고 신경질적인 시라타카 씨는, 유리코의 악습을 극도로 두려워하고 있었다. 요즘 부부가 함께 앉기만 하면, 으레 그 이야기로 시간을 보냈다. 그러던 중 오늘, 남편이 우스키 선생님을 만나고 돌아오더니, "아무래도 모습이 이상하다. 일단 전화로 확인해 보라. 우스키 선생님이 꽤 불안해하며 흥분한 기색이던데, 혹시 또 저 여자가 쓸데없는 일을 벌인 건지도 모르니, 빨리 전화해 두는 게 좋겠다. 유리코가 전화를 받을지 아닐지……."라며 구미코 부인에게 일렀다고 한다.

이 이야기를 전하던 구미코 부인의 말을 듣자, 아내 마쓰코는 얼굴이 화끈 달아올라 전화기 앞에 서 있을 수조차 없었다고 한다.

하지만 동시에, 마쓰코는 견딜 수 없을 만큼 불안에 휩싸였다. 용기를 내어 통화를 이어가며 여러 가지를 물었더니, 아니나 다를까—오늘까지 히메쿠사 유리코가 떠들어온 일들은 처음부터 끝까지 사실무근이었다.

시라타카 선생의 히라쓰카 왕진도, 가부키자 구경 이야기도, 미쓰코시 현관에서의 졸도 소동도, 그녀가 문병 갔다는 일까지도 모두—그녀가 지어낸 터무니없는 거짓말이었던 것이다.

그 이야기를 듣는 동안, 내 온몸에는 마치 고압 전류가 흐르는 듯한 감각이 퍼져갔다.

우스키 병원의 마스코트이자 간호사의 천재, '평화의 비둘기'라 여겨졌던 히메쿠사 유리코의 순진무구한 모습이, 어느새 엑스레이에 비친 듯 잿빛의 추악한 해골로 변해 가는 환영을 본 듯했다. 동시에, 조금 전 어둠의 모미지자카를 따라 울며 병원 쪽으로 내려가던 그녀의 모습이 떠올랐다. 그 장면에 들뜨는 듯한 스패니시 원스텝의 리듬이 겹쳐지자, 등골을 타고 설명할 수 없는 공포가 서서히 기어오르는 것을 느꼈다.

그리고 그 순간, 새로 차를 우려내던 아내 마쓰코가 길고 깊은 한숨을 내쉬며, 이야기에 마침표를 찍듯 기묘한 한마디를 꺼냈다.

"여보, 히메쿠사라는 아이는 정말 이상한 아이예요. 속고 있다는 걸 분명히 알고 있는데도, 이상하게 미워할 수가 없어요. 시라타카 부인도 아마 우리와 같은 마음으로, 그 아이를 귀여워하셨을 거예요. 이제야 그 마음을 조금 알 것 같아요. 방금 전까지만 해도 언니와 그 이야기만 하고 있었어요."

이 말을 들었을 때, 나는 비로소 결심이 섰다.

그녀―히메쿠사 유리코의 불가사의하고, 깊이를 알 수 없는 매력.

이제는 나의 누나와 아내마저 완전히 사로잡고 있는 그 무서운 마력에 눈치챘기에, 무심코 안도의 한숨을 내쉬었다. 동시에, 그 아름다운 안개처럼 나를 덮쳐 오던 그녀의 마력에서 벗어날 단 하나의 수단이 떠올랐다.

조금 난폭하고, 어쩌면 비겁하다고 할지도 모를 방법이었지만, 나는 누나에게도 아내에게도 아무 말 없이 조용히 일어나 현관으로 나왔다.

어디 가느냐는 듯한 두 사람의 시선을 뒤로한 채, 나는 말없이 구두를 신고 모자를 썼다. 그리고 그대로 기세 좋게 모미지자카의 거리로 뛰쳐나갔다.

하지만, 얼마나 기묘한 일인가.

언덕 아래로 겹겹이 이어진 검은 지붕들, 명멸하는 광고 전등들, 그 위로 흩어진 창백한 별빛까지—모두가 그녀가 뱉어 흩뜨린 허구의 잔해처럼 보였다.

나는 몸서리를 치며 모미지자카를 달려 내려갔다. 마침 지나가던 택시를 세워, 가나가와 현청 앞 도토일보 지국에 내렸다. 중학교 시절의 동창이자, 그곳 지국 주임인 우토 산고로를 두드려 깨우고는 함께 근처 닭고기집 2층으로 올라갔다.

"재미있는 소재가 될지도 모르지만……"

그렇게 운을 떼며, 나는 지금까지의 일을 빠짐없이 설명했다.

그녀에 관한 모든 사실을 조목조목 이야기한 뒤, 도대체 어떻게 해야 할지 우토의 의견을 물었다.

자랑스러운 선장 수염을 비비며 잠자코 듣고 있던 우토 산고로는, 이윽고 내 얼굴을 바라보며 히죽 웃었다.

그 특유의 솔직한 말투로, 한마디 물었다.

"흠… 그래서 말인데, 자네에게서 한 가지 솔직한 고백을 들어야겠네."

"고백할 건 없어. 방금 말한 것밖에는……."

"그래? 그럼 그녀와 자네 사이엔 아무 관계도 없다는 거군."

"……바보 같은 소리 말게. 실례야. 내가 그런……"

"알았어, 알았어. 그걸로 됐네."

우토 산고로가 마도로스 파이프를 번쩍 들어 올리며 소리쳤다.

"알았다, 알았어. 빨갱이군."

"엣, 빨갱이……? 뭐야, 빨갱이가……?"

"빨갱이는 빨갱이야. 공산주의자 말고 저런 기묘한 행동을 하는 인간이 또 어딨나. 지금 지하에서 암약하는 놈들의 수법이 딱 저거야. 요즘 살아남은 빨갱이들은 사기꾼 기질이 유난히 세지. 그런 여자를 곁에 두다간, 머지않아 엄청난

봉변을 당할 걸…… 자네도."

"음… 겨우 알겠네, 그 말의 뜻은. 그래도 설마 저 아이가 그런……."

"안 돼, 그게 바로 문제야. '설마' 하게 만드는 게 빨갱이 수법의 무서운 데지. 난 확신했어. 빨갱이, 틀림없어. 그 밖에 저런 괴상한 짓을 할 이유가 어디 있나. 히메쿠사라는 아가씨, 자네 병원을 거점 삼아 여기저기 연락망을 돌리는 유력한 인물일지도 몰라."

"으음… 그렇게 볼 수도 있겠지만, 내 눈엔 그런 기미가 전혀 안 보이던데."

"보이면 그게 벌써 하수지. 자네 같은 생초보 눈에도 들킬 정도면 진작에 잡혀서 달아났겠지."

"흠… 그런 건가."

"어쨌든 그 계집애는 우리 손으로 다룰 급이 아니야. 첫째, 지금 들은 얘기만으론 기사감도 못 돼. 바로 특고 과장한테 가자."

"엣, 특고 과장……?"

"그래. 대신, 일은 전부 우리 쪽에 맡겨. 엉성하게 처리하진 않을 테니까."

"어디야, 특고 과장은…… 멀어?"

"그걸 몰라, 자네?"

"몰라."

"모르다니. 자네 집 옆집이잖아."

"엣, 옆집……?"

"그래, 다미야 댁. 참, 자네도 참 어수룩해."

"내가 빨갱이가 아닌걸. 관심이 없었지……."

"그 아무개 '풀'인가 하는 아가씨, 자네 집보다 그 옆집을 노리고 자네한테 붙었을지도 몰라. 내가 보니 수상해."

"그렇군. 다미야라는 남자라면 가스 설치할 때 문 앞에서 두세 번 인사한 적 있어. 인상 나쁘고 큰 사내지."

"맞아, 그 사람. 알면 더 좋지. 바로 가자…… 잠깐, 지국에서 전화 한 통 넣고."

이야기의 속도는 점점 빨라지고 있었다. 이제 곧 이야기의 맨 밑바닥이 눈앞에 다다른 듯했다. 과연 그 끝에서 무엇이 튀어나올 것인가. 나는 알 수 없는 두근거림을 느끼며, 우토와 함께 택시에 올라탔다.

다미야 특고과장은 이미 깊은 잠에 빠져 있었다고 한다. 그러나 직업상 그런 일에는 익숙했는지, 마지못한 기색 없이 2층 객실에서 우리를 맞아 주었다.

긴 칼을 찬 두목 같은 인상. 거무스름한 피부에, 두툼하고 관록 있는 얼굴. 다미야 씨는 도테라 차림 그대로 자단 책상 앞에 단정히 앉아, 아사히 담배를 피워 물며 내 이야기를 조용히 들었다. 이야기가 끝나자, 그는 팔짱을 끼고 곁에 있던 우토 기자를 돌아보며 중얼거렸다.

"빨갱이 아닐까."

그 말을 듣는 순간, 나는 또다시 몸이 굳어졌다. 무심코 몸을 앞으로 기울이며 조심스럽게 물었다.

"빨갱이라면…… 어떻게 해야 합니까."

다미야 씨의 눈빛이 냉랭하게 번뜩였다.

"잡아 볼까요?"

"……예? 잡는다니, 어떻게요?"

"내일 아침…… 아니, 오늘 해가 뜨면 바로 형사를 병원으로 보내죠. 그때까지 그 간호사를 절대 놓치지 마십시오."

"그건…… 곤란한데요……."

우토 산고로가 재빨리 끼어들며 상황을 수습했다.

"그 부분을 부탁드리러 온 겁니다. 우스키 군이 개업 후 처음으로 빨갱이 검거에 협력했다면……."

"아하하, 그거 좋군요. 그렇다면 이렇게 하죠. 내일 아침, 될 수 있는 한 빨리 처리하는 게 좋습니다. 가능하면 자연스러운 용무를 만들어서, 그 아가씨를 외출시키세요. 행선지를 알 수 있다면 더할 나위 없겠고요."

"……좋습니다. 이렇게 하죠. 제가 남양 기념품으로 받은 거대한 인조 금강석이 하나 있습니다. 누나도 아내도 알렉

산드라이트를 싫어해서 처리에 곤란을 겪고 있었는데, 그걸 히메쿠사에게 주며 반지로 만들라고 하고, 이세자키초의 마쓰야마 보석점으로 보내겠습니다. 아마 9시에서 10시 사이에는 나갈 겁니다. 10시 이후엔 바빠지니까요."

"좋습니다. 하지만 요즘 빨갱이들은 민감하니, 조심해야 합니다."

"괜찮을 겁니다. 오늘 밤 이곳에 온 건 아무도 모르니까요. 게다가 아내가 예전에 히메쿠사에게 반지를 하나 사 주겠다고 말한 적도 있으니, 그 핑계를 쓰면 자연스럽겠죠."

"좋습니다. 그럼 그렇게 하죠. 늦은 밤까지 수고 많으셨습니다."

그날 밤, 나는 끝내 수면제를 먹지 않으면 잠들 수 없을 만큼 참담한 상태에 빠졌다. 나중에 보니 누나와 아내도 다르지 않았다고 한다. 내가 자세히 들려준 이야기 탓에, 날이 밝으면 히메쿠사 유리코의 가련한 어깨 위로 떨어질 무서운 운명이 얼마나 피할 수 없고 얼마나 두려운지 상상하다가, 둘 다 거의 뜬눈으로 밤을 새웠다. 마쓰코는 꾸벅꾸벅 졸다 말고, 두 팔이 뒤로 묶인 채 병원에서 끌려나오는 유리코의 모습을 생생히 본 듯 소스라치게 놀라 잠에서 깼다고 했다. 누나는 더 심해, 교수대에 매달린 그녀의 창백한 얼굴까지 똑똑히 본 뒤 몇 번이고 가위눌림에 시달려, 마쓰코가 흔들어

깨워야 했다고 하니 짐작이 갈 것이다.

그래도 날이 밝은 뒤의 계획은 거의 완벽하게 굴러갔다. 아내 마쓰코가 아무렇지 않은 표정으로 병원에 오자마자 유리코를 약국으로 불러, 큰 알렉산드라이트를 살며시 그녀 손에 쥐어 주었는데, 태도도 자연스러웠다. 유리코 역시 털끝만큼도 의심하지 않고, 진심으로 기쁜 기색으로 몇 번이나 고개를 숙이며 내게까지 날아와 감사를 표했다. 그때 내가 평소처럼 싱글벙글한 얼굴로 너그럽게 고개만 끄덕인 모습이 그야말로 명배우 흉내였다고, 나중에 누나가 실컷 놀렸다.

다만 유리코가 진찰 시작 시각인 10시를 신경 쓰며 급히 옷을 갈아입고, 들뜬 걸음으로 병원 현관을 나설 때, 그 뒷모습을 배웅하던 누나와 아내, 그리고 나의 태도가 다른 간호사나 환자들 눈에도 지나치게 긴장되어 보였던 모양이다. 마치 귀한 분의 가마라도 배웅하듯 꼿꼿이 굳어 있었기에, 나중에 무슨 일인지 여기저기서 캐묻는 이가 많았다. 하물며 누나와 아내는 북받치는 눈물을 숨기려다 세면소로 도망쳤다고 하니, 우습기도 하고 기이하기도 했다.

히메쿠사 유리코는 그날 그대로 돌아오지 않았다.

그 하루 종일, 우리는 때때로 서로의 창백한 얼굴을 마주 보기만 했고, 그날 밤을 꼬박 지낸 뒤 이튿날 아침 여덟 시쯤, 옆집 다미야 특고과장 댁에서 초등학교 일학년짜리 도련님이 나를 부르러 왔다. 나는 허둥지둥 옷을 갈아입고 달려갔다. 다미야 씨는 그제와 같은 도테라 차림으로, 요코하마 항을 내려다보는 2층 객실에서 기다리고 있었고, 내가 들어서자 묘하게 상기된 얼굴로 싱긋 웃으며 뜨거운 홍차 비슷한 것을 권했다. 그러나 말투는 어제보다 훨씬 호탕했고, 내던지듯 한마디를 던졌다.

"그녀는 빨갱이가 아닙니다."

"헤에……." 나는 조금 당황해 눈을 깜빡이며 자리에 다시 앉았다.

"모처럼 수고하셨습니다만, 조사 결과 빨갱이의 흔적은 전혀 없습니다. ……물론 출신지가 유복하다는 이야기도 있었지만, 전화와 전보로 확인한 바에 따르면, 실제로는 유복하기는커녕, 극심한 빈곤 상태라고 합니다. 특히 바로 위 오빠 되는 스물일곱, 여덟 살쯤의 외아들이, 집 창고를 날릴 정도로 방탕하다가 '도쿄에서 한몫 잡겠다'며 가출해 행방이 묘연하다고 합니다. 노부모는 돌보는 이 하나 없이 굶주리다시피 지내고 있고요. 물론 그 여자──유리코에게서도 한 푼의 도움도 없었다고 합니다. 당신이 들으신 '나라즈케' 이야기도, 그 밖의 모든 것도 그녀의 허구였던 듯합니다.

참, 히메쿠사 유리코라는 이름도 본명이 아니었습니다.

친가의 성은 '호리'라 하더군요. 게이오 병원에 들어갈 때 친구 여동생의 호적등본을 빌려, 나이를 속여 입원한 것입니다. 본명은 '호리 유미코'. 열아홉 살에 오빠를 따라 고향을 떠난 지 벌써 6년이 되었다고 하니, 올해 열아홉이라는 그녀의 주장도 엉터리겠지요. 자신은 스물세 살이라 우겼지만, 여학교를 다닌 기록조차 없다는 보고입니다. 어디까지 사기꾼인지, 바닥을 알 수 없는 여자예요."

"헤에. 전혀 빨갱이가 아니군요."

"빨갱이와는 전혀 관련 없습니다. 꽤 철저히 조사했으니까요."

"그렇다면…… 저 여자는 대체 뭐란 말입니까?"

"그게요, 에헴. 결국 그 여자는 그저 한 사람의 가엾은 여자일 뿐입니다. 당신들의 친절에 진심으로 감격해 있더군요. 평생 우스키 병원에서 일하고 싶다고 말했습니다. '우스키 선생님 댁에서 의심받을 바엔 차라리 혀를 깨물고 죽어버리겠다'며 엉엉 울던 참이에요."

"정말입니까?"

"정말이지요, 하하하. 오늘 아침 10시 무렵까지 마중을 와 주십시오. 빨갱이 혐의로 연행했으나 무죄로 밝혀졌으니 석방한다, 안됐다 정도로만 전해 주세요. 다른 말은 하지 마시고요. '우스키 선생님도 널 신용하시니, 허구는 그만두도록 해라' 정도는 해도 괜찮습니다. 어쨌든 불쌍한 여자니까요. 오래도록 곁에 두어 주세요."

"……이상하군요. 그럼 저 여자는 무슨 이유로 그런 말도 안 되는 허구를 꾸며 우리를 우롱한 걸까요?"

"그 점도 남김없이 조사했습니다만, 요컨대 그 아이의 시시한 성벽입니다. 시골 출신 하녀가 자기 고향 자랑을 늘어놓듯이, 허풍을 떠는 버릇이지요. 범죄로 보기엔 너무 소소합니다. 그 이상은 사생활에 관련된 일이라 조사하기도 어렵고요, 하하하."

다미야 씨는 자리에서 일어서며 덧붙였다.

"어쨌든 귀한 보석 같은 사람 하나 잃게 해드려 죄송했습니다. 부디 오래도록 곁에 두어 주십시오. 불쌍한 여자니까요. ……이제 출근해야 해서, 이만 실례하겠습니다."

둔감한 나는, 다미야 씨의 태도에서 아무런 의미도 읽어 내지 못했다. 그저 멍청한 얼굴로 인사만 하고 쫓기듯 나왔다. 그리고 곧장 누나와 아내에게 이 이야기를 전했더니, 두 사람 역시 안도한 듯 기분 좋은 웃음을 터뜨리며, 개선가라도 부르듯 기뻐했다.

"그것 보세요. 제가 말하지 않은 건 아니잖아요."

"말하지 않은 게 아니라니, 바보야…… 처음부터 아무 말도 안 했잖아."

"아니에요. 저는 처음부터 그렇게 생각했어요. 적어도 히메쿠사 씨만큼은 빨갱이가 아닐 거라고요. 그런데 당신이 쓸데없는 짓을 해서서……."

"뭐가 쓸데없는 짓이야. 히메쿠사가 거짓말쟁이였다는 게 똑똑히 밝혀졌잖아……."

"그래도 결과적으로 잘됐네요. 아무 일도 아니었으니…… 방금 언니랑 얘기했어요. 히메쿠사 씨가 무사히 돌아오면 해고해야 하나 말아야 하나 하고요. 이래저래 상의해 보니, 아무리 그래도 가엾어서 당신께 부탁드려 계속 두자고 이야기하던 참이었어요. ……어머, 잘됐네요. 우리 마스코트, 우리 둘이 바로 마중 갔다 올게요. 네, 괜찮죠?"

두 사람은 그 기세로 자동차를 타고 나가 버렸다. 나에게 아침밥 챙겨 주는 것조차 잊은 채…….

유리코는 유치장 앞 복도에서 누나의 가슴에 매달렸다. 대여섯 살 아이처럼, "이제 안 할게요, 이제 안 할게요, 이제 안 할게요." 하고 울부짖으며 몸부림쳐, 두 사람 모두 진땀을 뺐다고 한다. 그만큼 조사가 준엄했나 싶어, 누나와 아내도 몰래 눈물을 훔쳤다고 했다.

세 사람이 함께 차로 돌아왔을 때, 유리코의 목덜미에는 어제 아침의 화장 자국이 하나도 남아 있지 않았다. 누나와 아내는 곧장 목욕을 시키고 속옷을 갈아입히느라, 마치 죽은 사람이 되살아난 듯 작은 소동을 치른 뒤에야, 겨우 나와 함께 아침 식탁에 앉혔다. 그러나 유리코는 그저 "죄송합니다, 죄송합니다."만 되풀이하며, 밥도 제대로 넘기지 못했다.

그런데 그녀—히메쿠사 유리코, 혹은 호리 유미코—의 성격은 도대체 어디까지 기묘하고 불가사의하게 엮여 있는 걸까. 나는 일부러 출근을 늦추고, 현관 옆 응접실에 그녀를 앉혀 조사의 경위를 물어 보았다. 그런데 놀랍게도, 그 조사라는 게 상상과는 정반대였다. 완전히 정체가 드러나 볼품없이 풀이 죽은 그녀의 눈물 섞인 말에 따르면, 이세자키서 경관들의 심문은 준엄하기는커녕, 도리어 어처구니없을 만큼 달콤했다고 한다. 듣고 있던 누나와 마쓰코가 자리에서 몸을 배배 꼬을 정도로, 언어도단의 대접이었다고—그녀는 흐느끼며 분통을 터뜨렸다.

거대한 철화로가 활활 타오르는 서장실에서, 평복 차림의 다미야 특고과장과 마주 앉아 이야기를 나누었다는 그녀의 묘사는, 실로 놀라울 만큼 생생했다. 방 안의 공기, 몇 번이나 튀어 오른 숯불의 불꽃, 다미야 과장의 손목시계에서 들려오는 작은 '틱, 틱' 소리까지도 또렷하게 재현해냈다.

그러나 나는 이때만큼은 조금도 놀라지 않았다. 오히려, 태연히 이야기를 이어 가며 차츰차츰 흥분해 가는 그녀의 표정을 지켜보는 동안, 나는 그녀의 눈빛 속에서 이상한 빛을 발견했다. 그것은 이 세상의 것이 아닌 듯한, 순진함이 극도로 고조된 순진함——정신의 경계선 위에서 피어나는 요염하고 처절한, 형용할 수 없는 빛이었다. 광기에 가까운 그 눈빛은 동시에, 매혹과 색정이 뒤섞인 아슬한 열기로 가득 차 있었다.

그 빛을 바라보는 사이, 둔감한 나에게도 점차 모든 사정이 한 줄기 빛처럼 뚜렷하게 드러나기 시작했다. 그녀의 불가사의한 뇌의 작용이 짜내온 오늘까지의 복잡한 혼란——그 끝자락에서, 실로 단순하고 명료한 진실이 서서히 모습을 드러내고 있었다.

나는 급히 자리에서 일어나, 화장실에 다녀오는 척하며 차를 마시는 방으로 나왔다. 그곳에는 얼굴이 붉게 상기된 아내 마쓰코가 있었다. 나는 그녀에게 살짝 귓속말로 지시했다. "지금 병원에 남아 있는 간호사를 불러 와. 유리코에 관한 비밀을 물어야겠어."

얼마 뒤 불려온 것은 시골에서 막 올라온 간호사, 야마우치였다. 항상 어리둥절한 표정을 짓던, 순박하고 성실한 여자였다. 그러나 우리 셋 앞에 앉은 그녀는, 붉은 두 손을 무릎 위에 단정히 포개고는, 마치 원한이라도 품은 사람처럼 눈을 부릅뜨며 말했다.

"네. 히메쿠사 씨의 월경 주기는 정확했습니다. 매달 초,

대개 4일이나 5일경이었어요. 제가 항상 세탁을 맡았기 때문에, 잘 알고 있습니다."

그 말을 듣는 순간, 나는 일말의 망설임도 없이 자리에서 일어섰다. 양복으로 갈아입고, 모든 일을 내팽개친 채 자동차에 올라 현의 특고과로 직행했다. 출근한 지 얼마 되지 않은 다미야 과장을 찾아가, 염치도 사정도 없이 모든 것을 털어놓았다.

"다미야 씨, 이제야 알겠습니다. 폐를 끼쳤던 그 히메쿠사 유리코라는 여자는, 난소성인지 월경성인지는 단언할 수 없지만, 분명 생리적 우울증에서 비롯된 일종의 발작적 정신 이상자입니다. 그 여자가 불안에 휩싸이거나, 터무니없는 허영심에 사로잡혀 사실무근의 이야기를 지껄이는 일이, 항상 월경 전 이틀에서 사흘 사이에 한정되어 있다는 사실도 이제서야 깨달았습니다. 제 일기를 뒤져 보면 그 증거가 한눈에 드러납니다."

"하하, 그렇습니까. 실은 우리 쪽에서도 경험상 그런 가능성을 의심하긴 했습니다만, 확실한 단서는 잡지 못했지요. 그런데 어떻게 그런 사실을 알아내셨습니까?"

"……그런데 말입니다. 이건 서로의 명예가 걸린 일이니, 솔직히 말씀해 주서야 합니다. 어젯밤 조사 중에, 그 여자가 제 이야기를 꺼내지는 않았습니까?"

예상한 대로, 세상 물정에 밝은 다미야 씨도 이 질문에는 얼굴이 새빨개졌다.

"하하하…… 그걸 아셨습니까. 혹시 집에 돌아가서서 자백이라도 들으셨습니까?"

"아니요. 그런 이야기는 한마디도 하지 않았습니다. 다만 당신이 하신 조사에 대해, 놀라울 만큼 정성스럽고 실감 나는 설명을 늘어놓더군요. 그래서 수상하다고 느껴, 오늘 아침 그 일을 떠올리며 그냥 있을 수가 없어 이렇게 찾아온 겁니다. 지독한 여자입니다. 그 여자는……"

다미야 씨의 얼굴은 더욱 붉어졌고, 그는 제복 차림 그대로 막대기처럼 굳어 섰다.

"아니, 솔직히 말씀해 주셔서 오히려 고맙습니다. 그렇다면 저도 참고 삼아 한 가지 여쭤보겠습니다. 당신은 10월…… 정확히 며칠쯤이었습니까? 오후 무렵, 하코네의 아시노코 호텔에 외국인 환자를 진찰하러 간 적이 있습니까?"

"네, 맞습니다. 석유 회사 지배인인 랄산이라는 노인을 진료하러 갔습니다."

"그때 그 여자를 데리고 가셨습니까?"

"설마요. 혼자 갔습니다."

"과연. 그럼 유리코는 그날 병원에 남아 있었습니까?"

"……글쎄요, 그랬을 겁니다. 데리고 가지 않았으니까요."

"그런데 유리코는 그날 오후 병원에 없었다고 합니다. 어젯밤, 당신 병원의 간호사에게 확인해 보니, 당신이 나가신 직후 요코하마역에서 자동 전화가 걸려 와, 몸단장을 하고 즉시 역으로 오라는 지시를 받았다는 겁니다."

"헤에…… 놀랍군요. 그 여자는 전화에 유난한 집착이 있습니다. 실제로 전화가 걸려 온 것처럼 꾸며, 거짓 상황을 연출하곤 합니다."

"어쨌든 그 일로 유리코는 서둘러 화장을 하고, 화려한 옷차림을 한 채 병원을 나섰다고 합니다."

"풋, 말도 안 되는 소립니다. 간호사가 그런 차림으로 진찰에 동행할 수야 있겠습니까."

"그렇겠죠. 저도 이야기를 듣고 이상하다고 생각했습니다. 당신이라면 처음부터 그런 일이 필요 없는 걸 알고 계셨을 테니까요."

"첫째부터 그런 수상한 짓을 할 리가 없습니다. 하하하."

"하하하, 그렇지요. 하지만 그녀가 들려준 이야기가 꽤 구체적이었습니다. 환상의 계곡인가 하는 근사한 욕탕이 그 호텔 안에 있다던데요. 저는 가 본 적이 없지만."

"그런 건 들어본 적도 없습니다. 호텔에서 랄산이라는 서양인과 식사만 했을 뿐입니다. 신경쇠약에 중이염이 겹쳐 고막 절개를 해 두었거든요. 지금도 입원해 있을 겁니다. 물어보시면 금방 알 수 있을 겁니다."

"그렇습니까…… 그런데 그녀의 말로는, 그 욕탕 안의 장면이 아주 근사했다고 하더군요. 검푸른 바위 사이에 떠 있는 두 사람의 모습이 천장 거울에 비쳐, 마치 분홍색 금붕어처럼 보였다고요. 하하하……"

"바보 같으니, 언제 갔다는 거지?"

"혼자 갔을 리가 없습니다."

"물론이지…… 참 어이없는 녀석이군."

"정말 괘씸합니다."

"괘씸하군요…… 사실 오늘 아침, 귀관께서 '언제까지나 귀여워해 달라'는 말씀을 전해 주셨지만, 그런 식으로 남의 명예를 더럽히는 말을 지껄이다니 도저히 용서할 수 없습니다. 지금 당장 내쫓을 생각이니, 그 점 양해해 주시기 바랍니다."

"아니, 아니, 제 얼굴이 다 붉어질 지경입니다. 삼가 사과드립니다. 부디 즉시 내쫓아 주십시오. 정말 괘씸한 일입니다."

"괘씸한 정도가 아닙니다. 제 부주의로 터무니없는 폐를 끼쳤습니다……"

"터무니없는 녀석이 있으면 그렇게 되는 법이지요. 저로서도 처음 겪는 일입니다."

"그렇습니까. 귀관 쪽에서도 이런 경우는 드문 일입니까?"

"소위 귀부인이라는 부류 중엔 저런 유형이 가끔 있습니다만, 범죄로 성립되지 않으니 우리 손에 잡히지 않는 겁니다."

"아니면 더 능숙하게 꾸며내는 건지도 모르겠군요."

"그럴 수도 있지요. 요컨대 일종의 망상광이라고 해야겠지요. 자신이 부유한 집안 출신이며, 천재적인 간호사이자 절세미인이라 믿고, 어떤 남자든 자신에게 빠져들 수밖에 없다고 확신하는 여자 말입니다. 그리고 사회적 지위가 있는 남자들과 무슨 일이 있었던 것처럼 꾸며서, 타인을 그 망상 속에 끌어들이는 걸 인생 최대의 즐거움으로 삼는 종류지요. 그저께 이야기로 나온 '아이를 낳았다'는 말도, 그녀의 입에서 나온 것이라면 사실이 아닐 겁니다. 어쩌면 아직 처녀일지도 모르지요⋯⋯ 하하."

"아하하하, 정말 지독한 꼴을 당했습니다. 그럼 부탁드리겠습니다."

"안녕히 가십시오."

그렇게 작별하고 돌아오는 길에 나는, 그녀의 신원 보증인으로 되어 있던 시타야의 이모 댁으로 전보를 쳤다. 세상에 둘도 없는 바보 같은, 길고 긴 꿈에서 깨어난 듯한 기분이었다. 그래도 한편으론, 그녀의 이모라는 사람이 정말 존재하기는 하는 걸까 하는 의심이 들었다.

그런데 그 '이모님'이라는 미용사 부인은, 놀랍게도 그날 저녁 곧장 내 집을 찾아왔다. 붉고 통통한 얼굴에 마흔 살 남짓 되어 보이는, 활기찬 기운이 도는 여인이었다. 머리를 단정히 쪽 찌고, 깔끔한 무명 기모노 차림으로 인사를 하는 그 목소리가, 이웃까지 울려 퍼질 만큼 힘찼다.

"……어머나, 어이없는 아이네요."

"정말이지요. 아니, 저는 그 아이의 이모도 아닙니다. 저도 에도 한복판 근처 출신이에요, 헤헤…… 예전에 제가 그 대학 이비인후과에 들어가 뇌막염 수술을 받을 때, 그 아이에게 친척이라 하기도 민망할 만큼 신세를 졌거든요. 그 인연으로 이모님, 이모님 하며 따르니, 어쩔 수 없이 신원보증을 서 준 겁니다."

"……그런데 말이죠, 그 아이가 제 집에 오래 있으면 동네 젊은이들이 소란스러워져요. 정말 뭐랄까, 묘한 아이라서, 온 지 이삼일도 안 돼 동네 젊은이들 틈에서 와글와글 난리를 만들어 냅니다. 마치 마법사 같달까요. 그래서 '빨리 어디든 가 줘요. 보증이든 뭐든 서 줄 테니' 하고, 그렇게 떠나보냈습니다……."

그런 이야기를 줄줄이 하며, 그녀는 화장터의 재 먼지를 털고 부엌 입구에서 휙 돌아 차 마시는 방으로 올라왔다. 구식의 작은 담배통을 꺼내 가는 은 곰방대를 잡고, 한층 낮춘 목소리로 눈을 크게 뜨더니, 내가 권한 담뱃대에 한 번 고개를 숙였다. 뜻밖의 '신원보증인'이 나타났다는 사실에 놀란 우리 셋의 얼굴을 번갈아 살피며 말을 이었다.

"그 젊은이들 얘기를 하다 보니 생각났는데요. 그 아이, 아무래도 요즘 도쿄 신문에 크게 실린 '수수께끼의 여자'—아시죠?—그 실제 인물 같아요. '이 정도 장난이라면 나도 할 수 있어'라며, 젊은이들한테 부추김을 받아 무심코 지껄였답니다. 그 뒤로 사람들 사이에서 재미 삼아 수군대며 이것저것 파고들자, 아무래도 본인인 듯싶어 모두가 기분이 상했대요. 그 아이가 나간 뒤 저한테 고자질하는 이도 있었고요.

그래서 저도 마음이 상해, 그 아이가 일자리 보러 간 사이 맡겨 둔 보따리를 뒤져 봤더니, 이게 웬일이에요. 새 작은 종이 끼우개 안에 '수수께끼의 여자' 관련 신문 기사만 몇 건이고 오려 넣어 둔 게 아니겠어요. 다른 기사는 하나도 없고요. 소름이 끼쳤죠. 곧 뒤처리를 떠맡게 되는 건 아닌가 싶어 벌벌 떨었습니다. 그래도 이 정도에서 끝나 다행이네요.

네, 네, 데리고 오겠습니다. 될 수 있으면 눈에 띄지 않게 불러내 살짝 모시고 오지요. 이제 그런 부랑자 숙박은 안 받겠습니다. 머뭇거리다간 파산하겠어요. 오빠가 있다느니 하는 것도 있을 리가 있나요. 전부 거짓말입니다. 댁도 재난을 당하셨네요. 얼마간 돈을 쥐여 고향으로 돌려보내면 그 아이 앞날에도 나쁘지 않고, 원망 들을 일도 없을 겁니다. 정말 안됐습니다. 혼자 장광설을 늘어놓아 죄송해요. 뜻밖에 폐를 끼쳤네요…… 그럼, 안녕히 계세요."

그녀는 약속대로 남몰래 유리코를 불러 데려간 듯했다. 히메쿠사 유리코는 그날 저녁부터 우리에게는 물론, 함께 지내던 간호사들 눈에도 띄지 않게 자취를 감추었다. 그리고 서두에 적은 그녀의 유서를 제외하면, 그 뒤로 어떤 소식도 없고, 병원은 예전처럼 그저 꾸준히 번창하고 있을 뿐이다.

그녀의 이름을 대며 병원을 찾아오는 환자들은, 지금도 좀처럼 끊이지 않는다. 가끔은 내 병원이, 애초부터 그녀를 위해 존재했던 것이 아닐까 하는 생각이 들 정도다.

한편, 그 후 놀러 온 경관들과 형사들이 들려준 이야기로는, 그녀가 맞은편 메밀국수집의 배달부—원래 활동사진 변사였다는 남자—를 시켜 전화를 걸게 했다고 한다. 도쿄에서 걸려온 '시라타카 조교수의 전화' 역시, 그 변장이었다는 것이다.

통화 내용은 그녀가 미리 편지지에 완벽히 써 두었고, 그 문장을 변사에게 병원 지하실에서 몇 번이고, 몇 번이고 연습시켰다고 한다. 또한 시라타카 씨의 편지 역시, 그녀가 직접 초안을 써서 현청 앞 대서인에게 옮겨 쓰게 한 뒤 우편함에 넣었다는 사실이, 그녀의 자백에 의해 밝혀졌다.

그 이야기를 들으면 들을수록, 그녀의 허구 창작 능력과 무대 연출 같은 감각은 보통 수준을 훨씬 넘어서는 것이었다. 그녀는 거짓을 짜는 데 있어, 전문적이고—어쩌면 병적으로까지—정교한 지식과 취향을 지니고 있었다. 그 어떤 악당도, 어떤 예술가도 도달하지 못할 경지의 천재적 기교와, 동시에 가련하리만큼 고집스러운 집념으로, 냉혹하고 가차 없는 현실과 맞서 싸워 온 것이었다.

그녀는 K대 병원, 경시청, 가나가와현 경찰부, 그리고 나의 병원을 손바닥 위에서 굴리듯 다루었다. 차례로 소동을 일으키고, 그러고는 아무 흔적도 없이 사라져 버리는 그 솜씨는 실로 초인적이었다. 그녀의 능력은 경악을 넘어, 감탄스럽기까지 했다.

그리고 하나 더, 이후 병원 내부를 조사하는 과정에서 소형 주사기와 모르핀 병 하나가 사라진 사실이 밝혀졌다. 더구나, 그녀—히메쿠사 유리코—가 그것을 훔쳐 가는 장면을, 앞서 말한 시골 출신 간호사 야마우치가 목격했다는 것이다. 그것은 훨씬 전, 9월 초의 일이었다고 한다.

그때 히메쿠사는 돌아보며 이렇게 말했다 한다. "지껄이면 가만두지 않겠어." 그녀의 얼굴은 푸른 귀신처럼 섬뜩했고, 그 공포에 질린 야마우치는 지금까지 입을 다물고 있었다.

"……히메쿠사 씨 같은 사람은 없었습니다. 기분 나쁘고, 무서운 사람이었어요."

야마우치는 눈을 크게 뜨고 그렇게 자백했다.

그녀는 늘 시시하다고, 죽고 싶다고 중얼거렸다. 야마우치는 그 말이 무서워, 히메쿠사가 밤중에 화장실에 갈 때면 몰래 따라나서곤 했다고 한다. 그러나 히메쿠사는 지독히 거칠었다. 더럽거나 힘든 일은 모두 야마우치에게 시켰고, 맞은편 메밀국수집의 젊은이를 부를 때도 심부름을 보냈다. 그리고 이렇게 말했다고 한다.

"비밀이 조금이라도 우스키 선생님께 알려지면, 나는 당신을 죽이고 나도 자살할 거야. 이 병원을 한 걸음만 벗어나도, 나는 끝장이니까."

그녀는 반복해서 그 말을 되풀이했다. 그래서 야마우치는 아무것도 모른 채, 그저 그녀가 시키는 대로 따랐다.

그제야 나는 알았다. 히메쿠사 유리코는, 그 모든 허구 하나하나에 자신의 전 생명을 걸고 있었다는 것을. 거짓이 탄로 나는 순간, 그녀에게 남는 길은 오직 죽음뿐이었다. 그녀는 매일같이 심리적 궁지에 몰려, 불안과 긴장 속에서 밤을 지새웠다. 그러면서도 그 모험 같은 나날 속에서, 신비한 생의 보람을 느끼며 살았던 것이다.

그녀는 살인에도, 절도에도, 사기에도 흥미를 느끼지 않았다. 그녀에게 유일한 열정은—거짓말이었다. 그녀는, 생명을 걸고 거짓을 창조하던 '천재적인 거짓말쟁이 소녀'였다.

그녀는 어쩌면 정조의 타락에도, 미묘한 흥미를 가지고 있었던 듯하다. 그러나 그것은 육체적인 타락이 아니라, 오히려 허구 속의 타락이었을지도 모른다. 현실의 부도덕보다, 상상 속에서만 이루어지는 불륜과 음탕함이 그녀에게는 훨씬 더 짜릿하고, 충족스러운 쾌락이었을지도 모른다. 어쩌면 그녀는 우리가 짐작하는 것보다 훨씬 더 육체적으로 청정한 삶을 살아왔을지도 모른다. 그렇게 상상하게 되는 이유가 분명히 있다.

히메쿠사 유리코만큼의 거짓말의 명수가, K대 시절 이후 한 번도 자신을 변명하려 하지 않았던 심리도, 이제 생각해 보면 이해할 만하다. 그것은 단지 '히메쿠사 유리코'라는 이름이 그녀 자신의 청순하고 가련한 인상에 꼭 들어맞는다는 사실을 스스로 알고 있었기 때문만은 아니다. 그보다는 그녀의 마음속 어딘가에, 순결과 무구함을 증명하고 싶은 욕망이 깊이 자리하고 있었기 때문일 것이다. 그녀는 그 이름 속에, 자신의 내면에 남은 마지막 순수함을 걸었던 것이다. 그 이름은 그녀에게 있어, 세속의 더러움 속에서 스스로를 지켜내려는 하나의 망토, 동시에 자기 암시의 주문이었는지도 모른다.

―

시라타카 선생님께.

히메쿠사 유리코에 관한 저의 보고는,
이상으로 모두 마칩니다.

우토 산고로는 여전히 그녀를 지극히 교묘한 지하 운동가의 일원으로 보고 있습니다. 겉으로는 단순한 거짓말쟁이 여자를 가장한 채, 그 속에서 아무도 눈치채지 못하게 지하의 일을 완수하고, 개선가를 부르며 사라진 희대의 천재 소녀라는 것입니다. 그녀의 이모라던 중년의 부인 또한, 그녀와 함께 활동하던 동지로서, 일종의 바람잡이로 그녀를 구출하러 온 것이 아니겠느냐고까지 의심하고 있습니다.

한편 다미야 특고과장은 그녀를 특별한 재능을 지닌 색마로 단정지었습니다. 우스키 병원 근처의 젊은이들 중 그녀의 이름을 모르는 이가 없다는 사실이, 그 주장을 뒷받침한다고들 하지요. 결국, 그들의 눈에 비친 우리 ― 시라타카 선생과 저 ― 는 그녀의 기묘한 재능에 농락당한 채, 여전히 그녀를 동정하고 있는 어리석은 희생자들에 불과하다는 것입니다. 형사들이 때때로 웃으며 건네는 말투에서도, 그런 인상을 느낄 수 있었습니다. 그러나 제게 그것은, 지나치게 상상에 빠진 평가로 보입니다. 그녀에게 경의를 표하고 싶어, 지나치게 미화된 관찰이라고 해야 할까요.

선생도 이미 충분히 이해하셨겠지만, 저 역시 그런 추측을 믿을 근거를 어디에서도 찾을 수 없습니다.

저와 누나, 그리고 아내는 한 목소리로 고백합니다. 우리는 그녀를 조금도 미워하지 않습니다. 아니, 오히려 애달픈 동정을 느낍니다. 신도 부처도 없는 이 삭막한 세상, 피도 눈물도 메말라 버린 사막 같은 현실 속에서, 그녀는 오직 자신의 상상으로 지어낸 허구의 세계를, 유일무이한 천국이라 믿었습니다. 그리고 그 허구를 목숨 걸고 껴안고 살았습니다. 그토록 간절한 그녀의 천국 — 마치 어린아이가 품에 안은 장난감처럼 소중했던, 그녀의 창작의 낙원 — 그것을 우리가 무참히 깨뜨리고 내던졌기에, 그녀는 마침내 절망 속에서 자살을 택했을 것입니다.

누나도, 아내도, 그리고 저 역시 그 비참한 결말을 생각하며 눈물을 흘렸습니다. 옆집의 다미야 특고과장조차 우리의 이야기를 듣고는 "그렇게 생각해 보면, 세상에 죄인은 없을지도 모르겠네요"라며 쓴웃음을 지었지만, 그 말이야말로 진실이라 생각합니다.

그녀는 죄인이 아니었습니다. 그저 한 명의, 훌륭한 창작자였습니다. 단지 저와 닮은 성격을 가진 시라타카 선생님 — '현실의 당신'이 아니라 '그녀가 창조한 당신'을 무심코 만들어 냈을 뿐이었습니다. 그런데 그것이 너무도 실감 나는 걸작이었기에, 그녀는 스스로의 허구에 압도되어, 그 공포 속에서 벗어나려다 결국, 자신이 만든 세계의 파국으로 걸어 들어간 것이었습니다.

그리고 우리들은, 우리 자신의 체면을 위해, 진지하게, 여럿이서 그녀를 그 파국의 밑바닥까지 몰아넣었습니다. 결국 그녀를 완전히 내던져 버렸습니다. 그녀는 아무것도 아닌 일에 괴로워했고, 아무것도 아닌 일에 죽어갔습니다. 그녀를 살린 것도 공상이었고, 그녀를 죽인 것도 공상이었습니다. 단지 그뿐입니다.

이 일을 보고드림으로써, 이제 선생께서도 안심하시기를 바랍니다. 졸음을 쫓기 위해 스프레이를 뿌려 가며, 겨우 여기까지 써 내려왔습니다. 이제 날이 밝아, 머릿속이 흐물흐

물해지니 이쯤에서 마치겠습니다.

그녀가 죽은 뒤까지 품고 가려 했던 허구의 유산도, 선생님께 남겨진 책임 또한, 이 한 편의 글과 함께 완전히 — 아무것도 아닌 것으로, 흔적도 없이 끝나게 될 것입니다.

안녕히 계십시오.
그저, 그녀를 위해 기도해 주시길 바랍니다.

살인 릴레이

첫 번째 편지

야마시타 지에코 님께
미나토 버스의 도모나리 도미코로부터

편지 고마워요.
여차장이 되고 싶다는 당신의 마음, 잘 알았어요.

<야마시타 지에코의 일기>

농부의 삶은 재미없다.
푸른 하늘이나 구름을 올려다보며 한숨 따위나 쉬어서는 안 된다. 도쿄로 가는 빨강·파랑·하양 줄무늬 기차를 배웅하고 멍하니 서 있는 건 더더욱 안 된다. 땀이든 눈물이든 고개를 숙여 흙 속에 떨구지 않으면, 농부 동료의 배

신자처럼 부모나 형제로부터도 노려보는 시선을 받는다.

　흙에서 태어나, 흙투성이 누더기를 걸치고, 새까맣고 추한 흙덩이 같은 할머니가 되어, 흙 속으로 돌아갈 뿐…….

　정말 그렇네요. 공감해요.
　하지만 여차장 같은 건 되면 안 돼요.
　다른 일은 몰라도, 여차장만큼은 정말로 안 돼요. 농부로 사는 것보다 훨씬 재미없고, 훨씬 더 무섭고, 싫은 일이에요. 여차장의 운명이라는 건, 길거리에 흩어진 종잇조각보다 훨씬 값싼 것이에요. 여차장이 되어 보면 곧 알게 돼요.
　간단히 말하자면, 농부의 딸로 있으면 신랑감은 순박한 마을 청년들 중에서 부모님이 골라 주시잖아요. 운이 좋으면, 사랑하는 사람과 함께할 수도 있지요.
　하지만 여차장이 되면 그런 행복은 처음부터 포기해야 해요. 회사 중역이라든가 임원이라든가, 자동차 담당 순경님 같은 이들의 말은 아무리 부당하고 불쾌해도 얌전히 들어야 해요. 그렇지 않으면 바로 해고돼요. 어떻게든 구실을 붙여서 쫓아내 버리니까요.
　저처럼 의지할 곳 없는 고아 여자는 더욱 그래요. 그래서 현명한 사람이라면, 되도록 화장도 하지 않고, 월급이 오르지 않는 것도 각오하면서, 눈에 띄지 않게 그늘 속에서만 일하고 있어요.

그 바보 같은 숨 막힘이란… 정말, 말로 다 할 수 없어요.

그리고, 그것뿐만이 아니에요.
저는 아시다시피 부모도 형제도 없는 고아라서, 종업원이든 전화 교환수든 뭐든 될 수 있었지만, 여운전사가 용감하고 멋지다고 생각해서, 그 연습 삼아 여차장이 되었어요. 그런데 막상 소원대로 운전사가 되어 돈을 번다 한들, 그다음엔 아무 목적도 없어요. 효도할 부모도, 귀여워할 동생도 없으니까요.
사는 게 재미없어요. 매일같이, 아무 목적도 즐거움도 없는 텅 빈 세상을, 베일 듯한 바람에 휩쓸리고, 쓰레기투성이 태양에 구워지면서, 목숨 걸고 뛰어다니는 기분이에요.
취한 손님에게 놀림을 당하거나, 무서운 순경에게 손을 잡히거나, 멋 부리는 운전사에게 찔릴 때마다, 마음 깊은 곳까지 외롭고, 슬프고, 허무해져요. 그래서 속도를 잔뜩 올려 무언가에 부딪혀 엉망이 되어버렸으면 좋겠다고, 그런 생각만 하게 되는 장사예요. 미안해요. 당신을 생각해서 정말 사실만을 말하고 있는 거니까, 화내지 말아 주세요.

그것뿐만 아니라, 훨씬 더 무서운 일이 있어요. 앞쪽에 넣어둔 쓰키카와 쓰야코 씨의 편지를 읽어 주세요. 문장을 하나도 빼지 않고 그대로 옮겨 적어 두었으니까요.

이 편지는 제 소중한 친구의 편지예요. 무서운 살인 사건의 비밀을 푸는 단서가 될지도 모르는 편지라서, 그대로 당신에게 드릴 수는 없어요. 그 이유는 읽어 보면 알게 될 거예요.

쓰키카와 쓰야코 씨는 제 초등학교 동급생이에요. 아버지와 함께 하마마쓰의 공부 버스 회사에서 저와 같은 여차장으로 일하고 있는 사람이에요.

올해 열아홉. 몸집은 작지만 아주 늠름해요. 저와 달리 마음이 여리고, 친절한 사람이에요. 저의 오래된 친구예요. 글씨도 훨씬 잘 써요.

<쓰키카와 쓰야코 씨의 편지>

도모나리 도미코 씨
오랜만이에요. 별일 없으시죠?

갑자기 이상한 소리를 하게 되어 미안하지만, 요즘 저는 자꾸 누군가에게 살해당할 것 같은 기분이 들어요. 제가 근무하는 합승 자동차 회사에 니타카라는 새로운 운전사가 왔거든요. 나폴레옹을 꼭 닮은 차가운 얼굴에 키가 크고, 운전도 능숙하고, 차림새도 말끔하고, 몸을 사리지 않고 일해서 금세 승진해 가는 사람이에요.

그가 온 지 석 달쯤 되었을 때, 저를 아내로 맞고 싶다고 아버지께 정식으로 청을 넣었어요. 2주 전 일이에요. 공장에서 일하시는 아버지는 마음에 내키지 않으셨지만, 니타카 씨를 귀여워하던 회사 전무이사님이 직접 중매를 서셔서 마냥 거절할 수는 없었어요. 그래서 아버지가 "너는 어떠냐?" 하고 제게 물으셨을 때, 저는 바로 승낙해 버렸어요. 사실 저는 예전부터 니타카 씨가 싫지만은 않았거든요.

당신께 상의도 못 하고 그렇게 결정해 버려서 죄송해요. 하지만 저도 처음엔 정말 놀랐어요. 도대체 니타카 씨가 왜 저 같은 여자를 얻으려 했을까, 그게 이상했어요. 니타카라는 사람은 정말 말수가 적은 사람이거든요.

대합실에 와도 다른 운전사들처럼 여차장들에게 추근거린다거나, 묘한 눈빛을 보내는 일은 한 번도 없어요. 나란히 앉아 있어도 저를 쳐다보지도 않고, 그저 담배만 뻐끔뻐끔 피워요. 그러다가 어느 순간, 장난치는 손님의 아이를 번쩍 안아 볼을 비비며 깔깔 웃게 한다든지, 열 전짜리 귤 세 알 묶음 중에서 제일 좋은 것만 골라 한 엔어치나 사 와서는 말 한마디 없이 우리 쪽으로 던져 주고 휙 나가 버리기도 해요. 참 변덕스러운 사람이에요.

그런데 운전대 앞에 앉아 담배를 피우며 무시무시한 속도로 차를 몰고 갈 때면, 갑자기 맑고 쾌활한 목소리로 이런 노래를 부르기도 해요.

"에에— 두 번 다시 반하지 마라— 운전사에게—— 젠자앙—— 뺑소니이—— 쳐어어—놓고— 모르는—— 얼굴——"

그 노래를 들으면 만원 손님들이 깔깔 웃음을 터뜨리곤 해요. 그런데 이상하게도, 그는 어디 놀러 갔다는 이야기 같은 걸 전혀 하지 않아요. 언제나 주머니 안에서는 동전 소리가 잘랑잘랑 나요. 그래서 회사 중역들도 그를 완전히 믿고 있는 눈치예요.

저도 그를 '남자답고 믿음직한 사람'이라고 생각하게 되었고, 이제는 그의 모든 걸 별 의심 없이 받아들이고 있었어요. 그래서 이제는 결혼식 날짜만 잡으면 되는 상태였어요. 그런데요, 오늘 도쿄 아오 버스 회사에 있는 제 친구, 마쓰우라 미네코 씨에게서 갑자기 편지가 왔어요. 그 편지에는 정말 깜짝 놀랄 만한 내용이 적혀 있었어요.

"당신 회사에 니타카 다쓰오라는 운전사가 오면 반드시 조심하세요. 니타카 다쓰오라는 사람은 도쿄 운전사들 가운데서도 가장 남자답고, 동시에 가장 무섭고, 평판이 나쁜 사람입니다. 그는 아오 버스에서 일하던 동안 수많은 여차장을 꾀어 내연 관계를 맺고, 싫증이 나면 닥치는 대로 죽여 버린 다음 어디엔가 버려 둔다고 해요. 하지만 범행이 워낙 치밀해서 아직 한 번도 의심조차 받지 않은, 이상하고도 무서운 사람이라고 합니다. 이 소문은 여차장들 사이에서만 도는 이야기지만, 요즘 들어 경시청의 시선이 점점 니타카 씨에게 향하기 시작해서 그는 몰래 아오 버스를 그만두고 어딘가로 사라졌어요. 어디 시골로 도망쳤다는 말이 도니, 혹시라도 당신 회사에 오면 반드시 주의하세요. 쓸데없는 걱정일지도 모르지만, 마음이 쓰여서 적어 봅니다."

이렇게 연필로 급히 휘갈겨 쓴, 그런 편지였어요.
저는 정말 충격을 받았어요. 근데 바보처럼 정직한 저는, 그 편지를 아버지께 보여드리지도 않고 곧장 니타카 씨에게 가져가 보여주고 말았어요. 이제 니타카 씨와는 깊은 관계가 되어 버렸으니까, 오히려 그게 당연하다고 생각해 버린 걸지도 모르겠어요. 니타카 씨는 얼굴이 새파랗게 질려서 그 편지를 다 읽고는, 그대로 구겨서 화로에 던져 넣어 태워 버렸어요.

"바보구나... 너는... 이런 걸 남한테 떠벌리면 가만 안 둘 거야."

혀를 날름거리며 말하면서 저를 힐끗 노려본 니타카 씨의 무서운 표정. 얼굴 살 아래에서 해골이 드러난 것처럼, 번쩍 하고 속이 훤히 비치는 것 같았어요. 연극에서도 영화에서도 그렇게까지 무서운 얼굴은 본 적이 없었어요.

그때 전 너무 떨려서, 미네코 편지에 쓰인 내용이 진짠지 거짓인지, 그 한마디를 물어볼 수도 없었어요.

그냥 눈물만 뚝뚝 떨어지고 있으니까, 니타카 씨가 갑자기 빙긋 웃으면서 제 어깨를 툭툭 두드리더니 이러는 거에요.

"아하하. 너를 죽이려는 게 아니야. 이런 편지 속 소문 같은 일을 진짜로 하는 녀석이 있을 리가 있나. 바보구나, 너는...."

그러고는 등을 부드럽게 쓸어 줬어요. 하지만 그때, 저는 왠지 니타카 씨에게 살해당할 것 같은 느낌이 들어서 견딜 수가 없었어요. 그런데, 니타카 씨라면 살해당해도 좋을 것 같다는 기분이 들었기 때문에, 그냥 그대로 말없이 있는 거예요. 이 일은 아버지께도 누구에게도 말하지 않을 생각이지만, 도미코 씨에게만은 써 둘게요. 네, 제 일을 잊지 말아 주세요. 저와 니타카 씨가 즐겁게 가정을 꾸려도 비웃지 말아 주세요.

진심으로 축복해 주세요. 안녕히.
하마마쓰 공부 버스의 쓰야코로부터

이것이 쓰야코 씨에게서 온 마지막 편지였어요. 네, 지에코 씨. 이 편지를 쓴 쓰야코 씨는, 그로부터 일주일도 채 되지 않아 죽었어요. 그리고 하카타에서 장례를 치뤘어요.

쓰야코 씨의 유골을 가지고 돌아오신 아버지의 말씀에 따르면, 그날 쓰야코 씨는 버스 대용으로 쓰이던 신형 포드 차에 니타카 씨와 함께 타고 있었대요. 손님이 만원이 되어 왼쪽 스텝에 서 계셨는데, 어둠 속 반대편에서 달려오던 트럭이 라이트를 끄지 않은 채 지나가 버리는 바람에, 니타카 씨가 핸들을 급히 왼쪽으로 꺾었고, 그 순간 쓰야코 씨의 몸이 전봇대에 부딪혀 버렸다고 해요. 왼쪽 어깨와 팔, 갈비뼈까지 전부 엉망이 되어 있었다고요. '두웅' 하는 큰 소리가 났다고, 그때 차 안에 있던 손님이 증언했다고 해요.

쓰야코 씨의 아버지는 이렇게 말씀하셨어요.

"쓰야코의 운이 나빴습니다. 그런 일을 시킨 게 잘못이었지요. 트럭 번호는 니타카 운전사가 봐 두었다고는 하지만, 고소해 봤자 소용이 없고, 원망할 데도 없습니다. 흔한 여자애 하나일 뿐이지요. 넓은 세상 눈으로 보면, 벌레 한 마리의 가치도 없겠지요. 그래도 손님의 생명을 대신한 것이니, 이제는 체념했습니다. 회사에서는 그달 월급에 10엔을 더 얹어 주었습니다. 손님이 살아남았으니 회사 입장에선 싸게 먹힌 셈이지요.

다른 사람을 친 사고였다면 300엔쯤 냈을 텐데, 그 돈으로는 장례식 치르기도 빠듯합니다. 물론, 그렇게 값싸게 여기지 않으면, 젊은 사람들을 그 위험한 일에 그렇게 많이 내보내지도 않겠지요."

······무섭네요 저는 노란 장미꽃을 한 아름 모아 부처님께 올려드렸어요. 하지만 그 이야기를 들었을 때, 저는 정말로 여차장이라는 직업이 진저리 나게 싫어져 버렸어요. 종달새가 지저귀는 논에서 아버지나 어머니 일을 거들고 계신 지에코 씨가 부러워졌어요.

제 말의 뜻을 아시겠어요? 여차장이라는 게 얼마나 혐오스럽고, 외롭고, 무섭고, 그리고 얼마나 재미없는 운명인지 아시겠어요?

부디 여차장 같은 건 그만두세요.
안녕히. 몸 조심하세요.

두 번째 편지

지에코 씨, 큰일이에요.
저번 편지에 썼던 니타카 운전사가 왔어요.

우리들이 있는 미나토 버스 회사에 취직했어요.
그리고 저에게 프러포즈했어요. 이번에는 제가 살해당할 차례인가 보네요. 하지만 걱정하지 말아 주세요. 저 단단히 마음먹고 있으니까요. 그렇게 쉽게 살해당하진 않을 테니까…….
니타카 운전사는 도쿄의 아오 버스가 마음에 들지 않아서, 멋대로 휴가를 얻어 이쪽으로 왔다고 해요. 벌써부터 거짓말을 하고 있어요.
쓰야코 씨를 죽인 사람은 니타카 운전사가 틀림없어요. 나폴레옹 같은 남자답고 차가운 얼굴을 하고 말없이 부지런히 일하고 있어요. 낡은 튜브와 철사로 펜더를 만드는 데 아주 능숙해요. 그러다가 고급 바나나를 우리에게 나눠 주거나, 튜브를 오려 만든 물고기나 말 같은 것을 손님의 아기에게 주는 등 아주 변덕스러워요.

모두들 니타카 씨, 니타카 씨 하며 치켜세우고 있지만, 제가 그것을 눈치챘을 때 소름이 끼쳤어요.

그 후로 니타카 씨를 쓰야코 씨의 원수라고 생각하고, 항상 힐끔힐끔 상태를 살폈어요. 또, 누군가가 저를 죽이러 온 것이 틀림없다고 생각해서……. 그랬더니요, 제가 그런 눈으로 보고 있는 것을 니타카 씨가 오해한 듯해요.

하카타 발 11시 오리오행 마지막 차를 대합실에서 기다리는 동안, 손님이 한 명도 없어서 좋은 기회라고 생각했겠죠. 니타카 씨가 노란 장미꽃 한 송이를 들고 들어와 제 손에 쥐여 주었어요.

저는 흠칫했어요. 왜냐하면 장미꽃은 돌아가신 쓰야코 씨가 가장 좋아하던 꽃이었으니까요.

제 가슴속이 무엇인가로 가득 차올라, 고맙다고 말했더니, "도미짱, 오늘 밤 오리오에 있는 내 하숙집에 오지 않을래?" 라고 갑자기 말하는 게 아니겠어요.

차갑고 진지한 얼굴이었어요. 여자에게 구애하는 눈빛이 아니었어요. 영웅적인 남자, 그런 눈빛이었어요.

그 눈빛을 보는 순간 저는 결심해버렸어요. 기뻐하면서도 용감하게, "네. 가도 좋아요." 꽤나 숨이 막혔지만, 이렇게 말해 버렸어요.

그런데 지에코 씨, 깜짝 놀라면 안 돼요.

저, 완전히 니타카 씨가 좋아져 버렸어요. 이것이야말로 정말 목숨을 건 사랑이에요. 그리고 동시에 어떻게든 쓰야코 씨의 원수를 갚고 싶어졌어요. 니타카 씨를 혼내 주고, 싹싹 빌게 한 끝에 자살시키거나 어떻게 하면, 얼마나 유쾌할까 하고 생각해 버렸어요.

이렇게 문구로 써 보면 제가 하는 말이 모순되어 보이겠죠. 하지만 그때의 기분은 조금도 모순되지 않았어요. 그때만큼 제 마음이 희망으로 가득 찼던 적은 없었어요. 장래에 아무 희망도 없던 텅 빈 가슴이 크고 생생한 행복으로 가득 찬 것처럼 느껴졌어요.

저는 글자 그대로 기뻐하며 용감하게 니타카 씨의 하숙집에 갔어요. 그리고 하나부터 열까지 니타카 씨가 말하는 대로 해주었어요. 조금도 무섭지 않았어요. 니타카 씨도 이제 완전히 속아 넘어가 정신이 없었어요.

그래요…… 저, 무모할지도 몰라요.
하지만 무모해도 좋아요.

이제 두고 보세요. 저의 모험이 성공할지, 안 할지.

그렇게 생각할 때, 제 마음속이 벅차올라 금세 터질 것 같아요. 저는 지금, 제 인생이 터질 것 같을 정도로 팽팽해져 있어요. 누가 뭐라고 해도 저는 이 모험을 향해 매진할 거예요.

안녕히.

세 번째 편지

지에코 씨.

여자란 약한 것이네요. 저, 니타카 씨에게 완전히 정복당해 버렸어요. 저번 편지에 쓴 모험심이 어느새 약해진 듯해요.

니타카 씨도 매일매일 저를 귀여워하는 것이 즐거움이 된 듯해요. 살림살이 일이라든가, 아직 태어나지도 않은 아기 이야기만 저에게 해요… 저는 그럴 때 말없이 있지만, 앞으로 얼마나 계속될지 모르는 길고 긴 동거 생활이, 희망 하나 없는 잿빛으로 쭉 이어져 있는 것이 보여 왔어요. 옛날 그대로의 평범한 도미코의 마음으로… 그렇게 되면 그저 유부녀가 되었을 뿐인, 예전 도미코의 마음으로 돌아갈 것 같아요. 제가 소중히 숨겨 두었던 쓰야코 씨의 편지를 태워 버릴까 하고 생각한 적이 몇 번이나 있는지 몰라요.

니타카 씨를 죽일 마음 같은 건 이제 손톱의 때만큼도 없어져 버렸어요. 지에코 씨에게 웃음거리가 되어도 어쩔 수 없어요. 도대체 이것은 어떻게 된 일일까요… 제 인생은 이대로 평범하게 끝나 버리는 걸까요? 니타카 씨와 함께하게 된 처음의 제, 터질 것 같았던 그 어마무시한 희망은 도대체 어디로 가버린 걸까요.

저는 이런 생각으로 결혼한 것이 아니었어요. 이대로 펑크 난 타이어처럼 되어, 어디까지고 굴러가야만 하는 걸까요? 가게 앞에 매달린 화려한 메리노스 천 조각이 눈에 띄어 어쩔 수 없게 되었어요. 아기 옷으로는 어떤 것이 좋을까 하고요. 부디 웃어 주세요. 인생이란 이런 것일지도 몰라요.

네 번째 편지

지에코 씨, 큰일이 일어났어요.

저, 죽은 쓰야코 씨와 똑같은 편지를 당신에게 쓸게요. 저 곧 살해당할 것 같아요. 니타카 씨가 제 바구니 속에서 쓰야코 씨의 편지를 발견한 듯해요.

니타카 씨는 그런 것을 내색도 하지 않았지만요. 왠지 마음속에 서먹서먹한 곳이 생긴 것 같아요. 그런데도 저를 귀여워하는 것이 전보다 훨씬 강해졌으니 이상하지 않나요. 우리들은 행복하다고 요즘, 갑자기 말하기 시작했으니 말이에요. 무언가 이유가 있다고 생각하지 않을 수 없어요. 아직 알게 된 지 일주일도 채 되지 않았는데 말이에요.
  그것뿐만이 아니에요. 어제는 이런 일이 있었어요. 밤 9시 오리오행을 타고 가는 도중의 일이에요.
  우리들 미나토 버스에서는 버스 대신에 1932년형 시보레

오픈카를 사용하고 있어요. 시보레의 오리오행이 예전처럼 만원이 되어 버려서, 제가 스텝에 서고, 니타카 씨가 운전해 가는 중이었어요. 저는 문득 깨닫고, 하코자키의 건널목을 나오자마자 바로 말없이 뒤쪽의 스페어타이어 옆으로 돌아가, 짐칸 위에 서 있었어요.

밤 9시경이에요. 가랑비가 내려 캄캄했죠. 그랬더니 다타라 마을 안의 좁은 길에서, 저쪽에서 버스가 온다고 생각이 든 순간에, 갑자기 니타카 씨가 속도를 높여서 핸들을 무섭게 쭉 왼쪽으로 틀어, 길가의 전봇대에 스칠 듯이 달려 나갔어요. 만일 제가 원래대로 앞의 왼쪽 스텝에 서 있었다면 분명 쓸려 떨어져 엉망진창이 되어 내동댕이쳐졌을 것이 틀림없어요.

저, 소름이 끼쳤어요. 쓰야코 씨의 편지를 본 것을, 그때 뚜렷하게 알았어요. 그것이 너무나 명확해서, 머리카락 한 올 한 올이 바짝 곤두섰을 정도였어요.

그랬더니 니타카 씨는, 얼마 지나지 않아 마쓰자키의 넓은 내리막길에서 총알처럼 빠른 속도가 되었을 때, 저쪽에서 오는 자전거를 피하는 척하며 핸들을 힘껏 왼쪽으로 틀어 차체의 왼쪽을 위험하게 소나무에 스치게 하면서 지나갔어요. 그때 저는 니타카 씨가 저를 죽이려 하고 있다는 것을 또렷하게 느꼈어요.

하지만, 조금도 반응이 없는 데다가, 제가 아무 말도 하지 않으니, 니타카 씨는 이상하게 생각한 듯해요. 가시이의 건널목 앞에 오자 운전대에서,

"어이, 도미 짱." 하고 부르는 게 아니겠어요.

"네에" 하고 저, 후부에서 가능한 한 명랑한 목소리로 대답해 주었더니 바로, "……바보야…… 앞으로 오지 않겠니…… 기차를 봐 줘. 10시 1분 상행이 올 때야." 하고 말하며 속도를 줄였어요.

저는 다시 한 번 명랑하게, "네에" 하고 대답하며 앞의 건널목으로 달려 나가, "기차, 출발합니다." 하고 양손을 들었어요.

저기는 오후 8시가 넘으면 건널목지기도 퇴근하고, 그늘을 지나자마자 바로 철도 건널목으로 이어지는 길이라서, 길에 익숙하지 않은 트럭이 두세 번이나 사고를 낸 적이 있는 아주 위험한 곳이에요.

니타카 씨는 기차 시간표를 잘 알고 있어서, 자랑인 손목시계를 보며 운전해 와요. 괜찮다고 생각하면 제가 '오라이'라고 차 안에서 말하는 것만으로 단숨에 뚫고 나가는 곳이에요. 그런데 이때만큼은 정성스럽게 속도를 줄이며 저를 부르니, 저도 모르게 우스워져 버렸어요. 가시이에서 손님이 세 명 내렸기에, 저는 흠뻑 젖은 채 다시 운전대에 니타카 씨

와 나란히 앉았어요. 하지만 니타카 씨는 별로 아무 말도 하지 않았어요.

단지, "추웠겠구나." 하고 단 한마디, 낮은 목소리로 말한 채 굉장한 속도를 내어, 가시이에서 한 시간도 채 안 되어 오리오에 도착했어요. 그리고 둘이서 몸을 씻는 동안 한마디도 말하지 않은 채 집으로 돌아와, 역시 말없이 둘이서 술을 마시는 내내, 서로를 노려보는 듯한 상태가 되어 있었어요. 니타카 씨는 항상 과묵하지만, 이때만큼은 특별히 뭐라 말할 수 없는 이상한 상태였어요.

그랬더니 니타카 씨가 드디어 잠자리에 들 때가 되자, 술이 돈 탓도 있겠죠. 갑자기 여러 가지 농담을 하기 시작했어요. 그것은 과묵한 니타카 씨에게 전혀 어울리지 않는 농담이었어요. 거지부터 장군까지, 신분이 다른 사람들의 러브 신을 신파극이나 가부키 배우들의 목소리를 흉내 내며 연기하곤 해요. 그것은 능숙하고 재미있었어요.

니타카 씨에게 그런 재주가 있을 줄은 몰랐어요. 그래서 저도 무심코 이끌려 배를 잡고 웃어버렸어요.

하지만, 그것이 또, 오늘 아침이 되어 보니, 모든 것이 텅 비어 버린 듯한 기분이 들어요. 인간의 기분이란 묘한 것이네요. 이렇게 하루, 일을 쉬게 해 달라고 해서, 아직 내리고 있는 폭풍우 같은 비 너머로, 맞은편 집 지붕의 개망초나, 저

멀리 나란히 흔들리고 있는 포플러 가로수나, 하행 열차에서 흩날려 가는 검은 연기 같은 것을 보고 있으면, 그것이 모두 저의 운명 같아 보여서, 생각하고 생각해도 생각할 수 없는, 외롭고 외로운 기분이 되어 와요.

 바로 눈 아래의 양철 지붕을 후두두두 두드려 가는 빗소리를 듣고 있으면, 그만 눈 속에 뜨거운 눈물이 가득 고여, 죽을 만큼 재미없고, 보람 없는 삶을 사는 기분이 되어 버려요. 이런 한심하고, 슬픈 저의 기분은 지에코 씨에게 호소하는 것 외에는 없어요. 어떻게든 해야 한다고 생각하면서, 어쩔 수 없잖아요.

 저, 방금, 죽은 쓰야코 씨의 유품인 편지를 태운 참이에요. 쓰야코 씨의 저 무서운 편지를 태우고 싶어서 오늘 하루 쉬게 해 달라고 한 것 같아요. 모든 것은, 운명이에요.

 운명에 맡기는 것 외에 어쩔 수 없어요. 신 같은 건 이 세상에 없으니까요. 지에코 씨. 비참한 도미코를 위해 울어 주세요.

다섯 번째 편지

지에코 씨, 고마워요.

제가 혼수상태에 있는 동안 문병 와 주셨다면서요. 예쁜 꽃을 잔뜩 가져와 줘서 고마워요. 그 꽃들이 아직도 제 머리맡에 활짝 피어 있어요. 정말 감사해요.

저, 그 후로 일주일 동안 아무것도 몰랐어요. 높은 열 때문에 끙끙 앓고 있었대요. 머리 한가운데 뼈가 깨져서, 그게 악화되며 열이 난 거예요. 일곱 바늘인가 꿰맨 상처를 다시 풀고, 다시 씻었다고 해요. 어떻게 살아났는지, 저도 뚜렷하게는 모르겠어요. 하지만 요즘 들어 혼자서 일어나거나 앉을 수 있게 되자, 조금씩 기억이 돌아오고 있어요.
아무래도 저번에 당신에게 편지를 쓰고 난 얼마 뒤의 일이에요. 언제나처럼 니타카 씨와 교대로 시보레를 몰고, 하카타에서 오리오로 향하던 길이었어요. 10시 반쯤, 가시이의 건널목에서 차가 멈췄죠. 거센 비바람 탓에 손님은 한 사람도 없었고, 아마도 22일인가, 21일 밤이었을 거예요. 건널목에 닿기 직전에, 왼편의 소나무와 농가 사이로 상행 열차의 길고 긴 불빛이 쭉 뻗어오는 게 보였어요. 그런데 저는 그냥 태연하게, "······기차아 오라아아이─" 하고 길게 끌며 외쳤던 것 같아요.

왜 그런 무서운 거짓말을 했는지, 그때의 기분은 도저히 설명할 수 없어요. 캄캄한 비바람 속, 굉장한 속도로 달리던 자동차 안에서, 완전히 우울해져 있던 저는, 차라리 니타카 씨와 함께 죽는 편이 낫겠다는, 그런 기분이 되어 있었던 탓이겠죠.

그 열차는 구마모토나 가고시마에서 출발한 임시 열차로, 만주로 향하는 단체 승객들로 가득 차 있었다고 해요. 하카타 발 상행 10시 1분 마지막 열차가 막 지나간 직후였으니, 11시 하행 열차만 신경 쓰고 있던 니타카 씨는, 제가 외친 그 말을 그대로 믿어 버린 거겠죠.

그는 있는 힘껏 속도를 내어 건널목을 돌파하고, 국도를 따라 오른쪽으로 급하게 꺾으려 했어요. 그 순간, 차 뒤쪽 짐칸이 열차의 라이프가드에 걸리며 공중으로 튕겨 나가, 타이어를 위로 한 채 둑 아래로 거꾸러졌다고 해요. 니타카 씨는 두꺼운 유리 조각이 옆구리 깊숙이 박혀, 도착했을 땐 이미 손쓸 수 없는 상태였대요.

그때 열차의 후부 차장이었던 가코가와 씨가 달려와 니타카 씨를 안아 일으켰더니, 그는 희미하게 눈을 뜨고, 숨 막히는 목소리로 이렇게 말했다고 해요.

"당했다… 당했다…… 쓰야코의 원한이야…… 젠장…… 쓰야코, 쓰야코, 쓰야코다……"

그 말을 끝으로 숨이 끊어졌대요. 그 후부 차장, 가코가와 씨가 일부러 문병 와서 그 이야기를 해 주셨어요. 그 이야기를 듣는 순간, 저는 무심코 빙긋 웃어 버렸어요. 온몸의 피가 스르르 따뜻해지며, 당장이라도 달려나갈 수 있을 것 같은 기운으로 가득 찼어요. 니타카 씨는 쓰야코 씨의 원수, 저에게 '당했다'는 걸 알며 죽었으니까요. 그렇게 생각하니, 눈물이 멈추지 않아 곤란했어요. 아무것도 모르는 가코가와 씨와 간호사분이 저를 너무 안타까운 눈으로 보셨거든요.

여러 가지 위로의 말을 해 주셨지만, 아무 소용이 없었어요. 저는 신께 감사하며 기뻐서 울고 있었는데, 그분들은 슬퍼하면 안 된다, 슬픔은 몸에 해롭다고 말하는 거예요.

그때 저는 속으로 깊이 생각했어요. '여자 같은 건 함부로 위로할 게 아니야. 무엇에 대해 울고 있는지도 모르는 걸.'

차장님과 간호사분의 말을 듣자, 저는 엉망진창이 된 몸으로 엎드려 얼굴을 단단히 양손으로 가리고, 손발을 둥글게 움츠린 채 있었다고 해요. 아마 충돌하기 전부터 이미 그렇게 하고 있었겠죠.

어제 임상 심문이라는 것이 있었어요. 경찰이나 재판소 사람인 듯한 험상궂은 얼굴의 남자가 다섯, 여섯 명이나 제 침대 주위를 둘러서 여러 가지를 질문했어요. 꽤 무서웠어요. 제가 큰소리로 "스톱!"이라고 외쳤지만, 니타카 씨가 아랑곳하지 않고 건널목을 뚫고 나갔다고 말했더니, 그들은 모두 고개를 끄덕였어요. 아마도 니타카 씨의 평소 운전 방식을 알고 있었을 거예요. 가시이 건널목에는 자동 신호기가 꼭 필요하다는 이야기들을 하고 있었어요.

"니타카 씨와 내연 관계가 있다"는 질문에, 수염 난 사람이 진짜냐고 물어 보았을 때 저는 "있습니다"라고 답했어요. 얼굴도 붉어지지 않았던 것 같아요. 모두 얼굴을 마주 보고 웃었던 것 같아요. 그러자 마흔쯤 되어 보이는 형사 같은, 피부가 거무스름하고 해골처럼 야윈 남자가 움푹 팬 눈을 번쩍거리며, "부부 동반 자살 아니냐" 라고 말하고는 하얀 이를 드러내며 웃었어요. 저는 깜짝 놀랐어요. 하지만 저는 완강하게 머리를 저었고, 얼마 지나지 않아 그들은 모두 돌아갔어요. 형사라는 사람들이 의외로 영리한 구석이 있더라고요. 그 형사의 얼굴을 떠올리면 아직도 심장이 두근거려요.

저는 신께 감사드려요. 자포자기한 마음으로 함께 죽자는 심정으로 '오라이'라고 외쳤던 제가, 결국 니타카 씨만 죽이고 제가 살게 되었으니까요.

머리 상처가 나으면 다시 미나토 버스로 나가 여차장 일을 맡을 거예요. 그리고 이번만큼은 평생 그만두지 않을 생각이에요. 그리고 여운전사가 될 거예요. 일본 제일의 여운전사로…… 저는 이 일을 신의 명령으로 받아들이고 있어요. 결혼 같은 건 평생 하지 않을 거예요. 저는 벌써 여자로서의 한 인생을 다 겪은 것처럼 모든 것을 알아버렸어요. 니타카 씨가 살아 돌아오지 않는 한, 다른 남자와는 볼 일이 없을 것 같아요.

니타카 씨의 사건이 신문에 크게 실렸어요.

「무서운 색마의 살인 릴레이」라는 제목이었어요.

죽은 니타카 운전사는, 도쿄 아오 버스를 그만둔 후부터 수배 중인 여자 살해 혐의자였다는 사실이, 그가 죽은 뒤에야 드러났다고 해요.

또 니타카는 도쿄에서 트럭과 정면충돌했던 적이 있는데, 그때 그의 조수가 즉사했지만 그는 이상하게도 살아남아 당시 설명을 너무 능숙하게 해서 풀려났던 전력이 있다고 해요. 그래서 이번에도 내연 관계의 여차장과 함께 자동차를 기차에 치이게 하고 자신만 뛰어내려 살아남을 작정이었을지 모른다고 쓰여 있었어요. 지에코 씨도 아마 읽으셨겠지요.

하지만 저는 그 모든 것이 거짓말이라고 생각해요. 신문사와 경찰이 꾸며 낸 이야기예요. 사람들은 저를 지나치게 동정하고 있어요. 회사에서도 큰 걱정을 해 주신다고 해요. 우습기만 하네요. 그럼에도 저는 태연해요. 세상이라는 것이 원래 그런 것 같아요. 신의 재판만이 옳다고 믿고 있어요.

그러므로 지에코 씨에게 진실을 알려 드릴게요. 이제부터 어떤 일이 있어도 여차장 같은 일은 하지 마세요. 저 같은 여자가 되지 마세요.

여섯 번째 편지

지에코 씨.
당신에게 마지막 편지를 드립니다.

저는 이 편지를 보낸 뒤 어딘가에 가서 자살할 거예요. 시체는 누구에게도 보이지 않게 하고 싶으니까, 부디 찾지 말아 주세요.
죄송하지만, 니타카 씨와 저의 사진도, 옷도, 저금통장도, 도장도, 살림 도구며 이것저것 모두 한 묶음으로 해서 당신의 주소로 보내 두었어요. 부디 가난한 사람들에게 나눠 주세요. 초등학교에 기부해 주셔도 좋아요. 작은 오르간 정도는 살 수 있을 거예요.
저 피부색이 검고 해골 같은 형사님의 말씀이, 진짜였어요. 이제 겨우 알게 되었어요.
저는 니타카 씨와 부부 동반 자살을 하고 싶었고, 가능하다면 자신만 살아남아 보고 싶다는 생각도 했어요. 그랬더니, 원하던 바가 그대로 이루어졌어요. 그러므로 저는, 남편 살해자예요.

하지만 니타카는 쓰야코 씨의 원한에 죽임을 당했다고 생각하며 갔겠지요. 제 소행이라고는 꿈에도 생각하지 못했을 거예요. 니타카는, 역시 저를 진심으로 사랑하고 있었겠지요. 그렇게 깨달은 저는 이제 가만히 있을 수가 없어요.

그뿐만이 아니에요. 제 배속에 니타카의 아기가 있었어요. 요즘 들어 니타카 씨 생각을 할 때마다, 제 심장 아래쪽에서 그 아이가 움찔거리며 뛰기 시작해요. 이 아이가 태어나면 저는 어쩌죠. 저는, 저와 함께 저주받은 이 아이도 죽여버릴 거예요. 저는 남편 살해자, 아이 살해자입니다.

당신에게만 자백하고 죽을게요. 용서해 주세요. 비참한 도미코의 일생의 부탁입니다. 여차장 같은 건 절대로 되면 안 돼요.

——안녕히——

화성의 여자

「현립 여고의 괴사, '새까만 소녀 사건' 소문이 소문을 낳아 미궁으로 빠져든다」

- 오늘자 기사 해금

지난 3월 26일 새벽 2시경, 시내 오도리 지역 6번째 구역에 위치한 현립 여고 운동장 구석의 낡은 창고에서 불이 났다. 강풍이 불고 있었기에 자칫 큰 화재로 번질 뻔했지만, 시 소방서장을 비롯한 소방대의 신속한 대응으로 창고 한 채만 전소된 채 진화되었다. 다행히 교사 건물에는 피해가 없어 교직원들과 학생들은 안도의 한숨을 내쉬었다.

그러나 며칠 뒤인 같은 달 26일 새벽, 불이 난 자리를 정리하던 중, 성별조차 구분할 수 없을 정도로 새까맣게 탄 시신 한 구가 발견되었다. 현장은 다시 한 번 큰 소동에 휩싸였다.
이후 대학 부검 결과, 시신은 스무 살 안팎의 여성으로 확인되었다. 특히 허리 부분 주변에 불을 집중적으로 붙이기 위해 연료가 배치된 흔적이 발견되었다. 이에 경찰은 사건을 성적 동기가 얽힌 방화 살인 사건으로 보고, 보도를 일시 중단한 채 철저한 수사에 들어갔다.

하지만 일주일이 지나도록 범인은커녕 피해자의 신원조차 밝혀지지 않았다. 소문은 꼬리를 물며 퍼졌고, 사건은 이미 미궁에 빠졌다고 했다.

필사적으로 수사를 이어가던 사법 당국의 체면마저 흔들릴 지경이었지만, 오늘 들어 상황이 달라졌다. 당국이 무언가 결정적인 단서를 잡은 듯, 갑자기 기사 게재 금지를 해제한 것이다. 이는 수사팀이 확실한 증거를 확보했다는 신호로 해석되며, 머지않아 사건의 전모가 세상에 드러날 가능성이 높다는 기대를 낳고 있다.

이번 사건은 방화에 의한 살인일 가능성이 크지만, 그간의 연쇄 방화와는 수법이 다르다.

사건 현장인 현립여고의 낡은 창고는 평소에 아무도 드나들지 않았고, 화기를 다루는 곳도 아니었다. 불이 자연적으로 발생했을 가능성은 거의 없다. 현장에서는 유리병 파편이 다수 발견되었으나, 원래 잡동사니를 쌓아두던 창고였던 만큼 독극물병으로 단정하기는 어려웠다. 또한 시신의 손상 정도가 심해 혈액 채취조차 불가능했으며, 이에 따라 항독소나 일산화탄소의 검출 여부도 알 수 없었다. 그 결과, 피해자가 독살된 뒤 불에 태워졌는지, 아니면 단순한 화재 희생자인지조차 명확히 판정되지 않았다. 그러나 현장의 흔적과 시신의 상태로 미루어볼 때, 경찰은 여전히 타살 가능성을 배제하지 않고 있다.

이미 여러 정황으로 볼 때, 이번 사건이 단순한 화재가 아니라 성적 욕망이 얽힌 비극적 사건일 가능성도 제기되고 있다. 현립여고는 지난 3월 19일부터 봄방학에 들어간 상태였으며, 당시 기숙사에는 남아 있는 학생이 한 명도 없었다. 학교에 머물던 사람이라곤 숙직을 맡은 사환 노부부와 당직 교직원뿐이었고, 이들에 대한 조사가 이루어졌지만 별다른 혐의점은 발견되지 않았다. 그렇다고 변태적 성향의 부랑자가 높은 콘크리트 담을 넘어 외부의 소녀를 학교 안으로 데려왔다는 가설 역시 현실성이 떨어진다. 현장에는 그런 흔적조차 없었다.

한편, 이번 사건에 대한 보도 금지가 해제된 이후 경찰의 수사 방향은 크게 달라질 것으로 보인다. 혹시 전혀 예상치 못한 곳에서 뜻밖의 진실이 드러날지도 모른다는 조심스러운 관측이 나오고 있다.

소실된 창고는
작법 교실로 사용되던 곳
교장은 책임을 물어 근신 중입니다.

참고. 현립여고의 화재로 소실된 건물은 순수 일본식 2층 구조의 목조 가옥으로, 시내에서 유일하게 초가지붕을 얹은 형태였다. 운동장과 궁도장 뒤편, 높은 방화벽을 낀 구석에 자리 잡고 있었으며, 처음 학교를 세울 당시 교장 모리스의 제안으로 철거 대상 민가 중 하나를 남겨 학생들의 작법 실습장으로 사용했다. 하지만 이후 졸업생의 기부로 교문 안에 새로운 다실이 지어지면서 이 건물은 용도를 잃었고, 화재 직전까지는 창고로 쓰였다. 창고 안에는 운동회 용품과 낡은 칠판, 오래된 전등과 병, 양동이, 등나무 의자 같은 잡동사니들이 뒤엉켜 있었다.
시신은 1층 바닥 근처에 눕혀진 채 불이 붙은 것으로 보인다. 불길이 워낙 거세서 복부 이하의 근육은 완전히 탄화되어, 검은 실처럼 말라붙은 채 뼈에 엉겨 있었다고 한다.

한편, 교장 모리스 레이조는 독실한 기독교 신자로서 평생을 교육 사업에 바치며 독신으로 지냈다. 그는 학교 창립 이래 30년 동안 한 번의 결근도 없이 교장직을 맡아왔고, 표창과 훈장을 수차례 받을 만큼 전현 지역에서 존경받는 인물이었다. 사건 당일에는 시내 산반초의 하숙집에 머물고 있었으나, 급보를 듣고 즉시 달려와 여학생들의 대피를 지휘하고 중요 서류를 옮기며 진화 작업을 도왔다. 그의 침착하고 용감한 태도는 사람들의 칭찬을 받았지만, 이후 그는 하숙집에 틀어박혀 누구의 면회도 받지 않은 채 몹시 수척하고 우울한 모습으로 지내고 있다고 한다.

이에 관하여 지난 3월 28일, 교무 협의를 위해 교장에게 찾아간 고참 여교원, 도라마 도라코 여사는 교장의 말을 통해 다음과 같은 소식을 전한다.

'현재 그쪽에서 조사 중인 일이라 제가 앞장서서 말씀드리기는 어렵습니다만, 이런 이상한 일은 정말 전례가 없다고 생각합니다. 사건이 일어난 폐가는 교내에 있기는 하나, 오후 6시 이후에는 숙직 직원과 사환 노부부 외에는 누구도 교문을 드나들 수 없도록 엄격히 통제하고 있습니다. 이는 제가 특히 신경 써서 단속해 온 부분입니다. 그렇기에 누가 몰래 침입해 그런 일을 벌였는지, 저에게나 학교에 원한을 품고 있을 만한 사람을 전혀 짐작할 수 없습니다. 물론 학교 관계자가 저지른 일이라고도 도저히 생각하기 어렵습니다. 실로 기상천외한 기괴한 사건이라 할 수밖에 없습니다.
모든 것은 결국 당국의 수사를 통해 밝혀지리라 생각합니다만, 어쨌든 이런 괴 사건이 교내에서 벌어진 이상, 학교 내부의 관리·단속에 어딘가 허점이 있었던 것만은 분명하겠지요. 그 책임은 당연히 교장인 제게 있다고 보고, 지금 이렇게 근신하고 있는 것입니다.'

모리스 교장 실종!

사라진 유서와 여성의 필체로 쓰인 불가사의한 편지

지난 3월 26일, 현립 여고 교내에서 발생한 미스테리한 사건 이후, 근신의 뜻을 표하며 산반초의 집에 틀어박혀 있던 명 교장 모리스 레이조 씨가 신입생 입학식 전날인 어제 1일 저녁부터 갑자기 사라졌고, 교무 협의를 위해 집을 방문한 도라마 도라코 여사에 의해 발견되었다.

이미 보도된 바에 따르면, 모리스 교장은 '새까만 소녀 사건' 이후로 심한 신경 쇠약 중세를 보였다. 그는 산반초의 하숙집에 틀어박혀 지내며, 덥수룩하게 수염이 자라고 얼굴빛은 잿빛으로 변해 있었다.

그러던 중, 사건 발생 일주일째인 지난 3월 31일 밤, 정체를 알 수 없는 여성의 필체로 쓰인 한 통의 편지가 그에게 도착한 이후부터 그의 상태는 급격히 악화되었다. 그는 하숙집 주인 와타나베 스미코 앞에서 말없이 눈물을 흘리며 반복해서 머리를 조아리기도 하고, 2층 방에서 거리 쪽을 향해 소리 없이 방뇨하거나 대소변을 가리지 않는 등 심하게 불안정한 모습을 보였다.

밤이 깊어지면 갑자기 괴성을 지르며 분노했고, "저놈이다! 저놈이다! 새까만 건 바로 저놈이다!"라며 알 수 없는 말을 외쳤다고 한다.

화성이다! 화성이다!
악마다. 악마다!

그는 그 후에도 종잡을 수 없는 말을 중얼거리며 여주인 스미코를 놀라게 했다. 다음 날인 4월 1일에는 피로 때문인지 하루 종일 침대에 누워 아무것도 먹지 않았다.
그날 밤 10시, 도라마 도라코 씨가 그를 찾아왔을 때도 여전히 잠들어 있는 줄 알고 여주인 스미코가 방으로 들어갔다. 그러나 이불 속은 텅 비어 있었고, 베개맡에는 이미 봉투가 뜯긴 채 놓인, 여성 필체로 쓰여 있는 한 통의 편지와 도라마 씨 앞으로 쓴 유서가 나란히 놓여 있었다.
이 사실이 알려지자 하숙집은 큰 소란에 휩싸였다. 현 당국과 경찰, 그리고 학교 관계자들이 총동원되어 교장의 행방을 수색했지만, 다음 날 아침까지도 그의 흔적은 어디에서도 발견되지 않았다.

다만, 학교 현관 앞에 세울 예정이라고 전해졌던 조각가 아사쿠라 세이운의 청동 흉상이, 하숙집 모리스 교장의 개인 벽장 안에서 흰 천에 싸인 채 발견되어 사람들을 더욱 놀라게 했다.

> **참고.** 모리스 교장의 머리맡에 놓여 있던 두 통의 편지는 이후의 혼란 속에서 누군가에 의해 사라진 것으로 보인다. 하숙집 주인 스미코와 도라마 교우 모두 그 행방을 알지 못하며, 편지의 내용은 읽어보지도 못했다고 한다. 청동 흉상의 발견과 함께, 모리스 교장의 실종은 점점 더 불가사의한 사건으로 번지고 있다.
>
> 특히 모리스 교장이 실종 직전에 중얼거렸던 말들로 미루어 볼 때, 그 두 통의 편지가 '새까만 소녀 사건'의 비밀을 밝힐 단서였을 가능성도 제기되고 있다. 따라서 편지를 훔쳐간 정체불명의 인물이야말로 사건의 핵심 용의자가 아닐까 하는 의심이 관계자들 사이에서 커지고 있다.
>
> 현재 모든 조사는 모리스 교장의 행방을 찾는 데 집중되고 있다. 한편 교장을 알고 있는 역무원의 증언에 따르면,

수염이 덥수룩하고 모자를 눌러 쓴 남성이 오사카행 마지막 열차표를 구입한 기록이 남아 있으며, 그가 모리스 교장일 가능성을 배제하지 않고 해당 노선 일대에도 수배가 내려진 상태라고 한다.

현립 여고가 엉망진창이 되었어요!
발광하는 모리스 교장!

도라마 여교사는 목을 맸다
돈을 횡령한 가와무라 서기!
새까만 소녀 사건의 여파인가?

[오사카 전화]

어제 보도된 바에 따르면, 실종 중이던 현립여고 교장 모리스 레이조 씨가 오사카로 향한 흔적이 있다는 소식이 전해졌다.

그리고, 보도는 사실로 드러났다.
모리스 교장은 지난 3일 새벽, 오사카시 기타구 나카노시마 부근 도로에서 발견되었다. 그는 진흙투성이의 흐트러진 프록코트를 걸친 채 사람들에게 말을 걸며, "화성의 여자는 모르십니까?", "새까만 소녀는 여기 와 있지 않습니까?", "아마카와 우타에는 어디에 있습니까?", "모든 것은 거짓입니다!", "사실무근의 중상이에요, 중상이라고요!" 이와 같은 말을 반복했다고 한다.

당황한 행인들이 신고하자, 나카노시마 경찰서에서 그를 일단 보호했고, 신원 조회 결과 그가 실종된 현립여고의 교장임이 확인되었다. 이에 학교에서는 개학을 앞두고 분주한 와중에도 교감 고바야카와 교사가 11시 열차 편으로 급히 오사카로 향했다. 그런데 고바야카와 교사가 떠난 직후, 학교는 또 한 번 충격에 휩싸였다. 교감 차석 야마구치 교사의 지휘 아래 개교 준비가 한창이던 도중, 학교 여직원의 화장실에서 고참 여교사 도라마 도라코(42)가 목을 매 숨져 있는 것을 청소를 하러 들어간 사환이 발견한 것이다. 충격이 채 가시기도 전에, 이번에는 또 다른 사건이 터졌다. 교무 서기이자 30년간 모리스 교장과 함께 일해 온 곱사등이 남성 가와무라 히데아키(51)가 흔적도 없이 사라진 것이다. 출장 중이던 경찰이 이를 눈치채고 조사한 결과, 학교 금고에 보관되어 있던 모리스 교장의 흉상 건립비 약 5천 엔과 교우회비 820엔의 예금 통장이 함께 사라져 있었다. 권업은행에 문의한 결과, 정오 무렵 가와무라 서기가 직접 은행에 나타나 예금의 거의 전액을 인출한 뒤 다급한 모습으로 자리를 떴다는 사실이 확인되었다.

추가 조사 결과, 그와 함께 살던 아내 하루(47) 역시 집을 비운 채 행방이 묘연했다. 그녀는 가재도구를 버려둔 채 여행용 차림으로 떠난 것으로 드러났다. 부부가 손을 잡고 함께 사라진 흔적이 발견되면서, 사건은 걷잡을 수 없이 번지고 있다. 이에 경찰은 학교 전 직원을 대상으로 대대적인 조사에 착수했으며, 학교의 개학은 당분간 불가능할 것으로 보인다.

참고로, 목을 매 숨진 도라마 교사와 도망친 가와무라 서기는 평소 모리스 교장을 거의 신처럼 흠모했던 인물들로 알려져 있다. 두 사람 모두 교장의 실종을 누구보다 진지하게 걱정하던 이들이었다. 그런 두 사람이 교장의 생존 소식을 들은 바로 그날, 기뻐하기는커녕 각각 극단적인 행동에 나선 것은 도저히 이해할 수 없는 일로 여겨지고 있다. 이들의 행적에는 분명 그럴 만한 이유, 혹은 숨겨진 비밀이 존재한다는 추측이 무르익고 있다.

또한 오사카에서 정신 이상 상태로 발견된 모리스 교장이 중얼거렸다는 '아마카와 우타에'라는 이름의 여성은 해당 학교의 금년도 졸업생이었다. 그녀는 운동 경기의 명수로, 학교에서는 '화성 씨'라는 별명으로 불리곤 했다. 졸업 후 얼마 지나지 않아 오사카의 한 신문사에 취직한 것으로 알려져 있으며, 모리스 교장이 발광한 뒤 그녀의 행방을 찾아 오사카로 향한 것으로 보인다.

따라서 '새까만 소녀 사건'과 '아마카와 우타에'는 어떤 형태로든 긴밀하게 연결되어 있을 가능성이 크며, 현재 당국에서도 두 사건의 관련성을 중심으로 신중하게 수사를 진행하고 있습니다.

모리스 교장의 모자는 십자가 위에, 주인 불명의 꽃비녀와 함께 시내 천주교회에서 발견되었다

전차에 남은 의문의 치형

헌립여고는 이미 알려진 대로 지난 3월 26일 발생한 의문의 화재 이후, '새까만 소녀 사건'을 비롯해 교장의 실종과 정신 이상, 도라마 여교사의 자살, 가와무라 서기의 공금 횡령 등 연쇄적인 괴사건이 잇따라 발생하며, 여전히 첫 화재의 원인 조차 밝혀지지 않은 상태다. 이로 인해 학교와 지방 당국, 경찰 모두가 전례 없는 혼란에 빠져 있었는데, 최근에는 그 여파가 뜻밖에도 교장이 신앙을 두던 천주교회로까지 번졌다.

5일 오전 10시, 시내 해안통 2초메 41번지의 천주교회에서는 일요일 기도회를 준비하던 중 기이한 광경이 발견됐다. 신자들이 모이기 전, 제단의 문을 열자 제단 중앙의 은제 십자가 위에 낯선 검은 상복용 모자와 붉은 좁쌀 벚꽃이 달린 은빛 꽃비녀가 걸려 있었던 것이다. 교회 관계자들이 내려 확인한 결과, 상모의 안쪽에는 교회 신자이자 독신자로 알려진 모리스 교장의 이름이 적혀 있었다. 꽃비녀의 주인은 밝혀지지 않았지만, 교회 측은 두 물건을 인근 파출소를 거쳐 경찰서에 즉시 신고했다.

경찰은 이미 긴장 상태에 있었던 터라 사건을 중대하게 보고, 즉시 교회로 출동해 신자들의 출입을 통제하고 현장 조사를 벌였다. 그러나 예배당 내부에서는 수상한 흔적이 전혀 발견되지 않았다. 그날 오전 9시경 가장 먼저 예배당에 들어온 여성 신자 또한 "그때는 아무도 제단 쪽에 접근한 사람이 없었다"고 증언했다. 결국 경찰은 별다른 단서를 찾지 못한 채 현장을 정리하고 철수했다.

경찰은 회수된 그 모자를 본서로 옮겨 정밀 조사를 진행했다. 검은 베일이 달린 상복용 모자의 천에는 사람의 이가 단단히 물린 자국이 남아 있었고, 특히 앞니와 송곳니의 흔적이 뚜렷이 드러났다. 전문가의 감정 결과, 그 치형은 성인의 것이 아니라, 체력이 매우 강한 소년의 것으로 확인되었다. 이 사실이 알려지자 사회는 다시 한 번 큰 충격에 휩싸였다. 만약 이 '교회에 침입한 괴소년'이 현립여고 화재 이후 이어진 기이한 사건들과 연관된 인물이라면, 도라마 여교사의 자살과 가와무라 서기의 실종 이후 두 사람을 사건의 배후로 의심하던 이들은 근거를 잃은 셈이 된다. 결국 사건의 진실은 또다시 안갯속으로 사라졌고, 관계자들은 다시 혼란의 한가운데로 빠져들었다.

충격! '새까만 소녀 사건'의 범인 현 교육청 소속 간부의 딸인가?

그녀는 어머니와 함께 행방을 감추었다.
아버지인 교육 행정관은 책임을 질 각오를 하고 계신다.

어제 보도된 천주교회 내의 모자 꽃비녀 사건 이후, 경찰 당국은 이미 보도된 '새까만 소녀 사건'에 대한 유력한 단서를 얻은 듯하다. 당시 처음 그 교회에 들어온 모 여인, 즉 도노미야 아이코(19)라는 소녀를 교회 내 별실로 데려가 엄중한 조사를 진행한 모양인데, 해당 조사를 계속하기 위해 그날 오후 3시쯤 아이코에게 일단 귀가를 허락했다. 그러나 그녀는 대담하게도 엄중한 감시의 눈을 피해, 중병에 걸린 어머니를 동반하여 한 통의 유서 같은 것을 그녀의 아버지, 도노미야 아이시로 씨 앞으로 남기고 어디론가 모습을 감춰 버렸다.

이 중대한 사태에 대해 경찰은 여전히 아무런 입장을 밝히지 않고 있으며, 공식적인 수색 명령조차 내리지 않은 상태이다. 이는 누가 보아도 납득하기 어려운, 기이한 태도라 하지 않을 수 없다.

그러나 그 배경에는 한 가지 이유가 있는 듯하다. 실종된 여성의 아버지, 도노미야 아이시로 씨는 현(縣)의 교육 행정을 총괄하는 행정관으로, 현 중앙 정계에서도 영향력을 지닌 인물이다. 그는 대훈위를 받은 공작 도노미야 다다스미 원수의 직계 손자이기도 하다. 도노미야 씨는 예기치 못한 비극 앞에서 깊은 슬픔에 잠겨 있으면서도, 유서에 담긴 내용의 중대성을 고려해 가문의 명예를 지키기 위해 책임을 지고 자리에서 물러나겠다는 뜻을 자신을 찾은 기자에게 직접 밝혔다.

"뭐라 드릴 말씀이 없습니다. 다만 제 딸이 살인이나 방화 같은 중대한 범죄를 저질렀을 거라고는 도저히 믿을 수 없습니다. 이른바 '화성의 여자', 즉 아마카와 우타에와 제 딸 아이코가 현립여고 재학 시절 절친이었다는 이야기도 방금 처음 들었을 뿐입니다. 두 사람 사이에 무슨 불미스러운 일이 있었는지에 대해서도 전혀 짐작할 만한 점이 없습니다. 그저 충격과 당혹감만이 있을 뿐입니다.

이 문제는 여러모로 예민한 사안이며, 딸의 장래를 위해서도 가능하면 세상에 알려지지 않기를 바라고 있습니다. 그러니 오늘 말씀드린 것은 어디까지나 참고로만 생각해 주시길 부탁드립니다.

……왜 아내만 데리고 집을 나갔는지도 알 수 없습니다. 평생 한 번의 풍파도 없이 살아온 이 집안에 이런 일이 닥칠 줄은 정말 상상조차 못 했습니다. 저는 그저 어찌할 바를 모르겠을 뿐입니다. 아내 도메와 딸 아이코 모두 어느 정도의 생활비는 가지고 있었을 테니 당분간 생활에는 어려움이 없을 것입니다. 어디로 갔는지는 전혀 짐작할 수 없습니다. 물론, 저는 이번 일에 대해 책임을 질 각오가 있습니다. 그러나 공식적인 발표가 있기 전까지는, 오늘의 이 담화 내용만큼은 비공개로 해 주시길 부탁드립니다."

또한 영애 아이코가 남긴 내용은 다음과 같다.

　　아버님, 오랫동안 신세를 많이 졌습니다.

　　어머님과 아이코는 아버님께 더 이상의 폐를 끼치고 싶지 않으며, 또한 어머님을 슬프게 하여 병환을 악화시키고 싶지 않기 때문에 오늘부로 작별을 고합니다. 지금까지의 은혜에 감사드립니다.

모교에서 발생한 모든 사건은, 부족했던 저의 책임입니다. 소사하신 분은 아마카와 우타에 씨로, 자살임에 틀림없음을 제가 보증합니다.

제가 조금 더 빨리 아마카와 우타에 씨의 자살 결심을 눈치챘더라면, 이번과 같은 일은 하나도 일어나지 않았을 텐데, 안타깝고 아쉽습니다. 또한 오늘, 모리스 교장 선생님의 모자와 어딘가의 무희의 꽃비녀를 십자가에 건 사람이 저임에 틀림없다는 것을, 그 이유와 함께, 경관분께 자백해 두었습니다. 또한 경관분은 아버님의 일에 대해 생각지도 못한 것을 여러 가지 물으셨지만, 저는 아무것도 아는 일이 없어 대답하지 않고 두었습니다. 경관분은 자살한 아마카와 우타에 씨의 투서에 의해, 아버님의 이면의 생활을 자세히 알고 계신 모양이므로, 참고를 위해 덧붙여 둡니다.

하지만, 저는 결코 자살 같은 것은 하지 않아요.

어딘가에서 어머님의 병환이 충분히 나을 때까지 편안하게 간호해 드리고 싶은 마음에 가출한 것이므로, 이 이상 저희의 행방을 결코 찾지 말아 주시기를... 또한, 제가 이런 기괴한 행동을 취한 이유도, 말할 것도 없이 결코 궁금해하지 마시기를 몇 번이고 부탁드립니다. 그 편이 아버님께도 저에게도 행복이라고 생각하니까...

부디 몸 소중히..

아이코가.
아버님께.

> **참고.** 도노미야 아이코는 현립 여고에 재학 중이며, 동교의 샛별이라 불리는 미인으로, 성적 또한 발군이어서 학교의 명예를 짊어지고 있던 재원이다.

모리스 교장 선생님께.
화성의 여자로부터.

저는 너무나 기뻐서 어쩔 수가 없습니다.
이렇게 교장 선생님께 복수할 수 있다니요….

제가 정말로 화성의 여자였다면, 그야말로 하늘 위까지 뛰어올라 기뻐할지도 모릅니다. 제 시체는 아마 누구인지 모를 새까만 것이 되어 발견되겠죠. 그리고 신문에 대소동을 일으키며 올라가 있겠죠. 저는 제 친구에게 부탁했습니다.

'이 편지를 쓰기 시작한 24일 오후부터 꼭 일주일째인 31일 저녁에, 이 편지를 빠른 등기로 교장 선생님 댁에 보내 주세요.'

그리고 교장 선생님이 제 새까만 시체를 보시고…… 그리고 이 편지를 읽으신 후에도 반성하지 않으시고, 모르는 척 하시거나 태연하게 넘어가려 하시는 모습이 있다면, 만약을 위해 써 둔 다른 편지를 경찰서에 보내 주세요.

만약 그렇게 해도 이 사건의 진상이 세상에 발표되지 않고, 교장 선생님과 한패가 되어 천박하고 파렴치한 짓을 하고 계시는 분들이 교장 선생님과 함께 이 사건을 어둠 속에 묻으려 하고 계신다면, 그런 관계와 신문 기사를 담아 이것과 같은 또 한 통의 사본을 어떤 방면으로 돌려 훨씬 늦게 발표해 주도록 부탁해 둔 것입니다.

제 검은 시체에 얽힌 교장 선생님의 책임을 명확히 하는 절차를 제대로 마련한 것입니다. 제 친구는 머리가 좋고 결단력이 강한 사람이라, 이 마지막 한 통의 편지가 누군가에게 가로막히는 어설픈 일은 결코 일어나지 않을 것입니다.

저는 제 삶을 그저 헛되이 새까맣게 태워 버리고 싶지는 않습니다. 교장 선생님과, 그분과 함께 부패와 타락에 젖은 이기주의적 남성들에게 '화성의 여자가 주는 흑소'라는 즉효약을 한 봉지씩 먹이고 싶은 것입니다. 요즘 흑소가 한창 유행이니, 효과가 전혀 없지는 않겠지요.

'화성의 여자가 주는 흑소'

얼마나 진귀한 약입니까. 어쩌면 이집트 미라의 한 조각보다 더 비싼 것일지도 모릅니다. 드신 소감은 어떠하십니까? 분명 상쾌해지셔서 마음의 구석구석까지 시원해지셨을 것입니다.

호호호호호. 호호호호호호호...

그저... 새까맣게 된 화성의 여자의 복수를 이렇게 도와주는 제 친구가 누구인지는 생각하지 않는 편이 좋겠지요. 만일 누군지 드러나도 단지 깜짝 놀라실 뿐, 손쓸 방법이 없어 곤란해지실 뿐이겠지요.

그분은, 저 처럼 지나가는 일로 선생님을 원망하고 있지 않습니다.

그분은 폐병으로 누워 계신 친어머니와, 교장 선생님께 유혹당한 뒤 무정한 방탕에 빠져 지내는 의붓아버지를 함께 모시면서도, 그런 사정을 세상에 드러내지 않기 위해 하녀 한 사람 두지 않고, 말없이 웃는 얼굴로 일해 오신, 세상에 드문 효녀이십니다. 그리고 그분은 어머니를 그런 운명에 빠뜨린 악마가 누구인지, 언제나 마음속으로 찾고 계셨습니다. 그래서 제가 그 악마의 이름을 들려드리자마자, 곧바로 어머니의 원수를 갚고 싶다는 마음에, 또 의붓아버지의 숨겨진 이면을 드러내고 싶다는 마음에, 제 부탁을 한마디 망설임 없이 받아들이신 것입니다.

말을 바꾸어 말씀드리자면, 바로 그 어머니의 다정한 마음 때문에, 그분은 교장 선생님께 직접 과감한 수단을 쓸 수가 없었던 것입니다. 그래서 제가 그분을 대신해 새까맣게 되어 드린 것입니다. 이제 아시겠습니까…… 제가 새까맣게 타버리겠다고 결심한 것의 의미를?

……아니요. 교장 선생님에 대한 우리의 원한은, 우리 두 사람이 모두 새까맣게 되어 버려도, 만족할 수 없는 것입니다. 지금은 아시겠습니까…… 이렇게 제 복수를 도와주시는 분이, 어떤 분인지……. 자만심이 강한 교장 선생님은 아직 자신을 굳게 믿고 계실지도 모릅니다. 그분이 그렇게까지 깊이 선생님을 원망하고 계신다는 것을 아직 눈치채지 못하셨을지도 모르지만, 이 편지를 읽으시는 동안 점점 아시게 될 것입니다.

반복해서 말씀드립니다. 교장 선생님은, 단지 말없이 새까만 소녀의 복수를 받는 것 외에는 다른 방법이 없습니다. 그것이 눈에 보이지 않는 정의의 제재라고 생각하시고, 새까만 소녀의 요구대로 자신의 죄를 정직하게 발표하여 사회에서 모습을 감추는 것 외에 방법이 없음을 각오해 주십시오.

하지만 이 편지를 쓰고 있는 저…… 새까만 소녀의 정체가 누구인지는 이제 짐작하고 계시겠지요. 그리고 저 마음 약하고 눈물 많은 화성의 여자가 어째서 이런 무서운 무모한 짓을 하는 것일까 하고 생각하며 떨고 계시겠지요.

모리스 교장 선생님······.
선생님은 제 은사입니다. 세상 경험이 많은, 저보다 훨씬 윗세대의 남성이었습니다. 일찍이 부인과 자녀를 잃고 나서 독실한 기독교 신자가 되어, 교육 사업에 생애를 바친다고 말씀하시는 훌륭한 분입니다.

그리고 세상으로부터 교육가의 모범이라고 불리며 여러 번 표창을 받은, 굉장히 위대한 분입니다. 그러한 분께 설령 어떠한 박해를 받더라도 복수를 하려고 하는 것은 올바른 일이 아니라고 생각하는 분이 있을지도 모릅니다.

하지만 모리스 선생님······. 저는 선생님이 이름 붙여주신 대로, 화성의 여자입니다. 보통 여자와는 다릅니다.

그러므로 인간 세계 속 남성의 횡포... 남성에게만 허용된 악덕에, 한 번 과감한 반역을 해 보여 세상 사람들을 깜짝 놀라게 해 보고 싶어진 것입니다. 여성을 위한 5·15 사건[1]을 일으켜, 이 세계가 남성만을 위한 세계가 아니라는 것을 깨닫도록 해 보고 싶어진 것입니다.

특히 선생님 같은, 남성의 악덕을 온몸으로 대표하는 듯

---

1 5·15 사건: 1932년 5월 15일에 일어났던 군사 쿠데타 미수 사건

한 분이 모범 교육가라는 이름으로 천 명에 가까운 젊은 여성을 지도하고 계시다는 사실은, 일본에서 태어난 저에게 정말 견딜 수 없는 일입니다.

교장 선생님, 제가 어떤 성장 과정을 거쳐, 어떤 생각을 품고 살아온 여자인지 알고 계셨습니까? 선생님의 손이 단 한순간 제게 닿았을 뿐인데, 그 일로 인해 저는 곧장 새까맣게 타들어가듯 선생님을 두려워해야만 하는 운명에 내던져졌습니다. 그런 저의 이야기를 들으신다면, 선생님은 분명 진심으로 놀라시겠지요.

하지만 남성에게만 유리하게 짜인 일본 도덕과, 그런 상식만을 키워 온 일본의 남성들이 과연 '화성의 여자'가 맡은 사명이 무엇인지 이해할 수 있을까요…… 그렇다 해도 저는 설명해야만 합니다. 그렇지 않으면, 제가 한 일을 그저 시시한 감정의 분출이나 잠깐의 연극 정도로 여기며 경멸하시겠지요. 제 새까맣게 탄 몸이 내린 결단이 얼마나 진지한 것이었는지, 우리의 원한이 얼마나 깊고 치밀하며, 교장 선생님의 잔혹한 행태에 맞선 의도적인 저항이었는지를—— 이 편지를 통해 밝혀야만 합니다. 화성의 여자의 명예를 위하여. 그리고 새까만 소녀의 맹세를 위하여.

저는 어릴 때부터 '키다리'라고 불렸습니다. 어머니가 낳으신 배다른 여동생이 둘 있습니다만, 두 사람 모두 평범한

키의 여자인데, 왜 저만 이런 몸으로 태어났는지 견딜 수 없을 만큼 이상하게 느껴지곤 했습니다. 물론 친아버지의 말씀으로는, 제가 태어났을 때만 해도 600돈 될까 말까 한, 보통보다 훨씬 작은 허약한 아기였다고 합니다만, 다섯 살, 여섯 살 무렵부터 갑자기 쑥쑥 크기 시작했다고 합니다.

처음 초등학교에 들어갔을 때, 채플린 수염을 기른 담임 선생님이 저를 보시고 무심코 "호오——, 크구나아——" 하고 웃으셨습니다만, 저는 아직 아이였음에도 그 채플린 수염 선생님의 웃는 얼굴에서 일종의 치욕을 느꼈습니다. 제가 저 자신에 대해 치욕을 느낀 것은, 아마 그때가 처음이었다고 생각합니다.

저는 그 후에도 여러 가지 방식으로, 이런 종류의 치욕을 계속해서 겪어야 했습니다. 그 초등학교의 교장 선생님도 저를 처음 보셨을 때, 마찬가지로… 어딘가 안쓰럽다는 듯한 웃는 얼굴을 지으셨습니다. 그리고 제 이름을 바로 기억해 버리셨지요. 그 뒤에 잠깐 학교에 들렀던 어떤 행정관도 곧바로 제 이름만은 또렷이 기억해 가신 듯합니다만, 그것이 작문, 습자, 도화, 체조를 제외한 모든 과목에서 제 성적이 반에서 꼴찌였기 때문만은 아니었다고 생각합니다. 그렇게 제 이름은 곧바로 전교 학생들에게까지 퍼져 알려지게 되었습니다.

"키다리 아마카와 우타에 녀석이여── 에에! 사다리 걸고, 에── 머리나 빗어라, 에──" 상급 남학생들이 멀찍이 서 그렇게 외치며 웃어대곤 했습니다.

저는 마음이 약한 아이였으므로 처음에는 울면서 학교에 가기 싫다고 떼를 쓰기도 했습니다만, 그러는 사이 점점 그런 일에 익숙해져서, 아무리 심한 말을 들어도 그저 쓸쓸하게 웃으며 뒤돌아볼 수 있게 되었습니다.

제가 가장 인기가 있었던 때는 운동회였습니다. 저는 2학년 때쯤부터는 6학년 남학생들 중에서 제일 빠른 아이조차 이길 만큼 잘 달릴 수 있었기에, 후생 가외[2]라는 표제와 함께 제 사진이 신문에 실린 적도 있습니다만, 한여름 태양 아래에서 찍힌 그 찡그린 얼굴이 너무 우스꽝스러워서 제 부모님까지 배를 잡고 웃으셨습니다.

그래서 저는 이삼일 동안 거울만 들여다보며 몰래 울곤 했지만, 그때의 한심했던 제 추억을 누군가에게 털어놓는다 한들, 과연 누가 저를 동정해 주었을까요. 아마 다시 한 번 배를 잡고 웃을 뿐이었겠지요. 아직 철들기 전부터 저는, 남들에게 웃음거리가 되기 위해 태어난, 추하고 키만 큰 존재가 바로 나라는 사실을 속속들이 알아버렸던 것입니다.

---

2 후생 가외: 논어에 나오는 표현으로, 뒤에 태어난 젊은 세대는 두려워할 만하다는 뜻.

아마 제가 초등학교 6학년 무렵부터 시나 소설을 탐독하기 시작한 건, 그런 슬픔과 외로움이 차곡차곡 쌓여 갔기 때문이었겠지요. 결국 저는 여러분 덕분에, 남들보다 조금 더 일찍 외롭고 고독한 '문학 소녀'가 되어 버린 셈입니다. 현립 여학교에 들어가고 나서는, 그만큼 노골적인 모욕을 받지는 않았습니다. 하지만 그곳에서는 그보다 훨씬 더 심각한 치욕과 혐오가 저를 기다리고 있었습니다.

동급생들 가운데에서도 저와 정반대로, 가장 아름답고 모든 면에서 뛰어난 단 한 명을 제외한 다른 사람들, 선생님, 동급생들 모두 저에게는 상냥한 말 한마디 건네지 않았습니다. 모두가 묘하게 저와 거리를 두고, 어딘가 기묘하게 차가운 웃는 얼굴로 저를 바라보고 있을 뿐이었지요. 용모나 성적만을 두고 서로 경쟁하던 아이들에게 저는 왠지 모르게 열등하고, 어딘가 결함이 있는 사람처럼 보였던 모양입니다. 저와 말을 섞는 일조차 일종의 수치이자 불쾌한 일로 여기는 듯했습니다. 그러나 대항전이 열리거나 테니스, 배구, 달리기 같은 경기가 가까워지면, 선생님도, 급우들도, 심지어 상급생들까지 제 곁으로 몰려와 저를 치켜세우곤 했습니다. 모두가 저를 신이라도 되는 것처럼 떠받들며, 날달걀이나 과일 같은 것을 한가득 안겨 주면서, 마지못해 경기에 나가도록 떠미는 것이었습니다.

제가 키다리인 저의 추한 모습을 얼마나 부끄러워하고 있는지는 조금도 살피지 않은 채, 그분들은 "당신은 전교의 명예입니다" 같은 말만 되풀이해 하곤 했습니다. 하지만 그 경기가 끝나고 다음 날이 되면, 누구도 저를 돌아봐 주지 않았습니다. 마치 저라는 학생이 처음부터 존재하지 않았던 것처럼, 모두가 다시 멀찍이 물러나 있는 것이었습니다.

저는 다른 학교 선수와 맞서 싸워 크게 상대를 압도하거나 멀찍이 따돌릴 때, 손뼉을 치며 열렬히 기뻐하는 선생님과 학생들의 환호 속에서도 견딜 수 없을 만큼 깊은 모욕을 느끼고 있었습니다. 그러던 어느 날, 저는 화장실 안에서 후배들이 이런 이야기를 나누는 것을 엿듣게 되었습니다.

"화성 씨, 대단하네요."

"어머, 누구 말이야? 화성 씨라니."

"어머, 모르는구나. 아마카와 우타에 씨 말이야. '저 사람은 화성에서 온 여자다. 그래서 세계 어느 선수도 이길 수 없다', 교장 선생님이 말씀하셨어. 그래서 모두, 저번부터 화성 씨, 화성 씨 하고 말하는 거야."

"어머, 교장 선생님도 너무하셔라… 하지만 멋진 별명이야. 아마카와 씨의 그로테스크한 느낌이 잘 드러나 있어."

그래도 마음이 약한 저는 또다시 떠받들어 올려지기만 하면, 해마다 몇 번씩 열리는 경기에 끌려 나가곤 했습니다. 마음속 깊은 곳에서는 언제나 차갑고 텅 빈 공허만을 느끼면서요……. 학교 운동장의 저 멀리, 높은 방화벽에 둘러싸인 구석 한쪽에는 창고 오두막으로 쓰이고 있는 폐가가 하나 있습니다. 원래는 학교의 작법 교실이었다고 합니다만, 지금은 벽도 기와도 여기저기 떨어져 나가고, 개망초가 무성하게 자라 있으며, 기둥과 계단도 흰개미에게 갉아 먹혀 다다미가 함정처럼 푹푹 꺼져 있습니다.

저는 수업 시간 사이 쉬는 시간이 되면 자주 화장실 뒤편에 있는 활쏘기 도장의 판자 울타리 그늘에 몸을 숨기고, 그 폐가 2층으로 올라갔습니다. 거기에 놓인 썩어 가는 등나무 안락의자에 몸을 기댄 채, 위쪽 절반만 앙상한 **뼈**대만 남은 덧문 너머로 방화벽 위의 푸르고 푸른 하늘을 가만히 올려다보는 것을 하나의 즐거움으로 삼고 있었던 것입니다. 그리고 제 마음속 깊은 곳에 자리 잡은 크고 차가운 공허와, 그 푸른 하늘 너머의 끝도 없는 공허를 나란히 견주어 보며 이런저런 생각에 잠기는 일이 어느새 제 습관이 되어 버렸습니다. 처음에는 불구자 같은 이 큰 몸을 운동장에 드러내 보이고 싶지 않아서 그렇게 숨은 것이었지만, 나중에는 그것이 누구에게도 말할 수 없는 저만의 은밀한 즐거움이 되고 말았습니다.

제 마음속 깊은 곳의 공허와 푸른 하늘 너머의 공허는 전혀 똑같은 것이라는 것을 차츰차츰 강하게 느끼게 되어 왔습니다. 그리고 죽는 것은 아무것도 아닌 일처럼 생각되어 오는 것이었습니다.

우주를 흐르는 큰 허무… 시간과 공간 외에는 아무것도 없는 생명의 흐름을 저는 절실히 가슴에 느끼는 여자가 되어 왔습니다. 제 태어난 고향은 저 큰 하늘 너머에 있는, 소리도 향기도 없는 허무 세계임에 틀림없다는 것을 저는 뚜렷하게 깨닫고 있었습니다.

많은 사람들은 그 시간과 공간의 크고 큰 허무 속에서 뛰거나, 뛰어오르거나, 울거나 웃고 있습니다. 또래 여자애들은 각자 제멋대로 잡지나 서적, 영화 전단지 같은 것을 가지고 다니며, 예쁜 화장법이나 뜨개질, 그리고 온갖 로맨틱한 꿈에 들뜬 마음으로 동경하고 있습니다. 단것에 몰려드는 개미처럼, 또는 꽃을 찾아다니는 나비처럼 행복하게…… 즐거운 듯이…….

저에게는 그런 것들이 완전히 무의미하게 보였습니다. 마음속 허무의 흐름과 우주의 허무의 흐름이 차츰차츰 정확히 맞물려 가는 듯했습니다. 그리고 저는 방과 후, 해가 저물 때까지 그 폐가의 등나무 의자 위에 몸을 뻗고, 이유도 모른 채 스며 나오는 외로운 눈물로 스스로를 위로하는 일을 무엇보다 큰 즐거움으로 여기게 되었습니다.

하지만 그 즐거움은 머지않아 어떤 큰 일로 인해 방해받고 말았습니다. 반쯤 썩어 무너져 가며 온갖 잡동사니와 흰개미, 먼지로 가득한 그 폐가는, 마치 해안통 사거리에 우뚝 서 있는 붉은 벽돌 천주교회가 교장 선생님의 온갖 미덕의 정원이었던 것처럼, 그보다 훨씬 전부터 교장 선생님의 온갖 악덕이 자라난 소굴이 되어 있었던 것입니다.

교장 선생님이 모범 교육가로서의 체면을 겉으로는 완벽히 유지하면서, 뒤에서 돈과 여자와 관련된 상상도 할 수 없는 악행을 저지르기 위해서는 바로 그 폐가가 반드시 필요했겠지요. 그러니 교장 선생님이 그 폐가를 철거하자는 말에 결코 기꺼이 응하실 수 없었을 것입니다. "초가 지붕은 화재에 취약하니까"라고 경찰이 거듭 지적하며 연락을 해 와도, 창고를 새로 지을 예산이 없다며 둘러대고, 현의 담당 부서를 오랫동안 곤란하게 만들며 버티고 계셨겠지요.

그런 깊은 인연 속에서, 그곳이 악의 소굴인 줄은 꿈에도 모르고 매일같이 수양하러 갔던 저의 어리석음…… 그 흔들거리는 등나무 의자 아래에서 얼마 지나지 않아, 어떤 악마의 날갯짓 소리가 들려왔을까요. 그리고 그 악마의 날갯짓은 저를, 도망치려 해도 도망칠 수 없는 이 세상의 지옥 속으로 얼마나 무자비하게 내던졌을까요. 이렇게 새까맣게 되어

서라도 청산하지 않으면 청산할 수 없을 정도의 지옥 속으로 저를 몰아넣었을까요……

그 날갯짓의 주인은 새까만 털투성이의 곰 같은 교장 선생님과, 눈도 입도 없는 새하얀 머리를 하나 더 등에 붙이고 계신 가와무라 서기 씨, 그리고 나중에 등장하시는 도라마 도라코 선생님이었습니다. 요크셔 돼지처럼 추한 뚱보, 우리의 영어 선생님. 이 세 사람이 저 폐가에 남몰래 둥지를 틀고 있던 악마였던 것입니다.

저는 그 폐가 2층을 제 소중한 명상의 장소로 삼고 있었습니다. 하지만 교장 선생님도, 곱사등이 노인 가와무라 서기도 그런 사실은 꿈에도 몰랐죠. 그들은 학기말 무렵이면 방과 후, 직원 화장실 옆의 칸나 잎 그늘을 지나, 출입이 금지된 궁도장 울타리를 따라 나란히 서서 몰래 들어오곤 했습니다. 그리고 제가 잠든 등나무 의자 바로 아래, 잡동사니가 쌓인 여덟 다다미방 같은 쓰레기 더미 속에 앉아 이런저런 이야기를 나누었습니다. 너무 자주 교내에 남아 서기와 밀담을 나누면 다른 교사들에게 오해를 살 수도 있고, 밖에서도 사람들의 시선이 따가울 테니까요. 그런 점을 누구보다 잘 아는 교장 선생님에게 그 폐가는 아마도 더없이 편리한 밀담의 장소였을 겁니다.

 2층과 달리 아래층은 찢어진 유리문과 덧문이 이중으로 닫혀 있어서, 조금 큰 소리를 내도 밖으로는 잘 새지 않았습니다. 하지만 그 대신, 작은 속삭임조차도 2층에서 숨죽이고 있던 제 귀에는 또렷이 들려왔습니다. 그리고 그들의 대화는 대부분 교우회비와 관련된 이야기였고, 두 사람은 그 돈을 어떻게 속일지 열심히 궁리하고 있었습니다.

 저는 그 자리에서 학교의 그랜드피아노가 장부에는 3,500엔으로 기록되어 있었지만, 실제로는 중고 500엔짜리였다는 사실을 들었습니다. 졸업생의 기부로 세워졌다는 정문 옆 작법실도 서류에는 12,000엔으로 되어 있었지만, 실제 비용은 7,000엔 남짓에 불과했다는 사실도 알게 되었습니다. 교장 선생님이 교우회비를 빼돌려 가와무라 씨의 동생 이름으로 물품 거래를 가장해 이익을 챙기고, 그 돈을 가와무라 씨와 나누고 있다는 이야기도 듣게 되었습니다.

 그리고 저는 교장 선생님이 가와무라 씨에게 현물 거래로 생긴 돈의 뒷처리 때문에 곤란을 겪고 있다며, 평소부터 준비해 두었던 세상에 둘도 없는 기묘한 돈벌이 방법을 털어놓는 것을 고스란히 듣고 말았습니다. 물론 그것은 가와무라 씨가 교장 선생님을 추궁하다시피 하자, 선생님이 스스로 자백한 내용이었죠. 교장 선생님은 평소 자신을 거의 신처럼 떠받드는 열렬한 기독교 신자, 즉 우리 5학년 영어를 맡고 있던 도라마 도라코 선생님에게 말을 꺼냈습니다. '교장 선생님의 동상을 세우는 건 어떨까요?'라는 제안을 하도록 유도하신 겁니다.

그 제안은 전 교직원의 찬성을 얻었고, 전국 각지의 졸업생과 재학생 가정에서 기부금이 모이기 시작했습니다. 그 결과, 이미 5,000엔 가까운 거액이 곱사등이 서기 가와무라 씨의 손에 들어와 있었습니다.
그래서 유력한 인사들은 당연히 한목소리로 교장 선생님의 동상을 전신 입상으로 세우자고 주장했습니다. 하지만 교장 선생님은 이유를 알 수 없게도 그 입상만큼은 극도로 싫어하셨습니다.

"나는 흉상으로도 충분하다. 애초에 동상을 세울 만한 인물이 아니다. 입상 같은 건 당치도 않다." 그는 그렇게 완강하게 버텼고, 사이에 낀 가와무라 서기는 그 때문에 무척 곤란해했죠.

그런데 교장 선생님이 입상을 싫어한 진짜 이유를 알고 보니, 세상에 둘도 없는 어처구니없는 내막이 있었습니다. 교장 선생님의 흉상은 이미 2~3년 전 완성되어, 숙소 벽장 한쪽 구석에서 하얀 천에 싸인 채 먼지와 녹청에 덮여 굴러 다니고 있었던 겁니다. 그 조각의 밑면에는 지금의 제실기예원 심사원이자 일본 최고의 조각가로 알려진 아사쿠라 세이운(朝倉靑雲)의 이름이 선명히 새겨져 있었습니다. 영리한 가와무라 서기는 그 사정을 눈치채고, 어떤 틈을 타 도쿄로 올라가 직접 아사쿠라 선생을 찾아가 그 조각의 경위를 물었다고 합니다. 그러자 아무것도 모른다는 듯 세이운 선생은 아주 담담하게 대답했습니다.

"하아, 저것은 제가 모리스 선생님께 베푼 은혜의 일환으로 만든 것입니다. 그러니까…… 한 3년쯤 전이었을 겁니다. 어느 온천장에서 모리스 선생님으로부터 편지가 와서 '부탁할 일이 있으니 와 달라'는 내용이었기에 바로 찾아가 보니, 자신의 흉상을 만들어 달라는 부탁이었지요. 모리스 선생님은 제 외삼촌이자, 제가 중학교를 마칠 때까지 학비를 대주신 큰 은인이니 어떻게 거절할 수 있겠습니까.

온천장 근처의 기와 굽는 곳에서 이상적인 흙을 구해 일주일쯤 만에 흉상을 만들고, 약품상에서 석고를 사 모아 틀을 떠 도쿄로 가져가 직접 감독하며 주조까지 마쳤습니다. 전시회 같은 데 내지 않고 그대로 모리스 선생님께 보냈습니다만…… 아직 세워지지 않았다니요. 아, 그렇습니까. 음…… 아무래도요. 실례지만 사례금은 전혀 받지 않았습니다. 모리스 선생님처럼 덕망 높으신 분의 모습을 제 손으로 고향에 남길 수 있었던 것은 제게 더없는 영광이었습니다.

만약 그 동상이 학교 정원에 세워지게 된다면, 토대 공사나 대석 같은 일에서 도움이 필요하실 겁니다. 부디 사양하지 마시고 저에게 알려주십시오. 폐를 끼치지 않겠습니다. 제가 직접 가서 옥담이며 식재 상태 같은 것을 가능한 한 경제적으로 지시해 드리겠습니다. 장인에게만 맡기면 동상과의 조화가 깨질 우려가 있으니까요."

이 이야기는 곱사등이 가와무라 씨가 세이운 선생의 말투를 흉내 내며 들려준 것을, 제가 또다시 흉내 내서 전하는 것입니다. 그 말을 직접 들은 가와무라 씨는, 교장 선생님의 교묘한 솜씨에 새삼 감탄을 금치 못했습니다. 그리고 뜻밖에도 기부금이 너무 많이 모여 동상이 전신 입상으로 제작될 기세가 되자, 완전히 당황해 약해진 교장 선생님 편에 서기로 마음을 굳혔습니다.

……요즘에는 많은 사람의 도움을 받아 동상을 세우려면, 흉상 하나라도 5,000엔이나 10,000엔은 든다. 입상이 되면 2, 3만 엔 정도의 비용을 예상해야만 한다. 그래서 흉상만으로도 아직 기부 금액이 부족하다…….

이와 같은 일을 몰래 설명하고 다녀, 마침내 입상설을 깨뜨리고, 이미 완성되어 있는 흉상을 써서 모여 있는 5천 몇백 엔의 대부분을 둘이서 나눠 가지는 계획을 완성하여, 교장 선생님을 안심시켰던 것입니다. 그 끝에 가와무라 씨는 저 폐가 안에서 이렇게 말씀하셨습니다.

"그래서 오는 3월 22일에 이번 졸업생의 사은회가 있습니다. 그때 우등생이 대표로 기부금의 금액을 선생님께 바치게 합니다. 그래서 그 돈을 다시 저에게 맡기시고, 동상 건설에 관한 모든 사무를 가와무라 서기에게 맡긴다고 한마디 말씀해 주십시오. 그래서 제가 단상에 올라가, 마침 유명한 아사쿠라 세이운 선생님이 향토 출신이므로, 제작 방식을 부탁하기로 했습니다. 세이운 선생님은 기꺼이 맡으셨으니, 머지않아 완성될 것이라고 보고하고 박수를 받게 하면 이제 이쪽의 것입니다."

하지만 제가 그 폐가 안에서 들은 이야기들은, 그렇게 사이좋은 대화만은 아니었습니다. 두 사람은 때때로 꽤 큰 소리로 언쟁을 벌이곤 했고, 그런 일이 한두 번이 아니었습니다. 덕분에 저는 그 싸움 속에서, 전에 말했던 학교의 온갖 비밀들을 하나씩 알아가게 되었죠. 그러나 끝은 언제나 같았습니다. 결국 교장 선생님 쪽이 꼬리를 내리고, 두 사람은 어색한 화해로 마무리하곤 했습니다.

"좋아, 좋아. 잘 알았어. 장부의 책임은 결국 자네 한 사람의 책임이 되는 셈이니까 말하지 않겠어. ……아니, 알았어, 알았어. 알았어. 그럼 이제부터 둘이서 화해 기념으로 재미있는 곳으로 갈까? 저 온천 호텔 3층이라면 누구에게도 들키지 않아, 자네……"

"아니. 이제 오늘은 늦었으니 더 가까운 곳으로 하죠."

"아니야, 택시로 가면 어렵지 않아. 가까운 곳은 서로 얼굴을 아니까 안 돼. 온천 호텔 3층이 좋아. 자네는 저 아이를 데리고 오게. 자유롭게 향락할 수 있는 멋진 곳이야. 지사나 현 행정관도 남몰래 가끔 와. 내 최근 발견이야."

"헤엣. 그렇게 사치스러운 곳인가요."

"사치스럽다 못해 완전히 남양풍으로 꾸며진, 그야말로 향락의 끝판왕 같은 곳이야. 계산은 내가 할 테니까 꼭 그 여자를 데려오게."

"헤헤, 예... 알겠습니다."

"아니, 그 여자는 꽤 흥미롭더군. 요즘 많이 달라졌어. 오늘 밤엔 나도 좀 더 젊은 애를 데리고 가볼 생각이야."

라고 하는 이야기도, 어떤 인연처럼, 이상하게도 제 귀에 남아 있었습니다.

그러한 이야기를 종합해 보면, 교장 선생님은 자신의 명예와 지위를 이용하여 학교를 돈벌이의 도구로 사용하고 계신 것이었습니다. 그리고 그런 돈을 써서 어딘가 비밀의 장소에서 친구들을 모아 놀고 계신 것이었습니다.

하지만 저는 조금도 놀라지 않았습니다.

저는 눈물이 많고 마음이 약한 여자이면서도, 그런 무섭고 천박한 이야기를 듣는 것이 이상하리만큼 재미있어 어쩔 수 없었습니다. 결국 참지 못한 호기심에 이끌려, 그 이야기를 들은 뒤 두세 번쯤 학교에서 돌아오는 길에 온천행 열차를 타고 그 호텔을 직접 보러 갔습니다. 그곳에 어떤 사람들이 드나들고, 어떤 일이 벌어지는지 눈으로 확인하고 온 것이죠. 하지만 그런 것을 보고 듣는 일이 오히려 제게는 하나의 수양이 되었습니다. 그렇게 세상의 천박한 모습을 조금씩 알아갈수록, 제 마음속에 퍼져 있던 허무의 흐름은 점점 더 또렷해지고, 맑은 거울처럼 차분히 가라앉아 갔습니다.

 그 무렵의 저는 세상에 대해 그 누구보다 단단하고 강해졌다고 믿고 있었습니다. 비웃음을 사거나 경멸을 받아도, 태연히 미소로 되받아칠 수 있을 만큼이었어요. 세상 사람들, 아니 이 지구 전체가, 거대한 허무 속에 떠 있는 작은 벌레들의 무리처럼 보이기 시작했습니다. 그리고 그 속에서 태연히 악한 짓을 일삼는 벌레라면, 나 역시 태연히 비틀어 짓밟아도 괜찮겠다는 마음이 들었습니다. ······'신문 기자가 된다면 좀 재미있을지도 모르겠다' 같은 공상을 한 것도 그 즈음이었죠.
 허무 같은 것을 생각하는 여자는, 여자로서 가치가 없는 걸까요. 동창들은 모두 나를 '화성의 여자'라느니, '남녀'라느니 하며 이상한 별명을 붙여 불렀습니다. 그들은 내 얼굴을 볼 때마다 어딘가 불쾌한 듯, 깊은 한숨을 내쉬곤 했죠. 마치 그들이 자신이 나 같은 여자로 태어나지 않은 것을 다행이라고 생각하는 듯했어요. ···내가 잘못 느낀 걸까요.
 부모님도 마찬가지였습니다. 내 얼굴을 볼 때마다 한숨만 쉬었고, 부모로서의 흥미를 다 잃은 듯한, 완전히 지친 눈빛으로 나를 바라보셨습니다. 하지만 그 마음이 어떤 건지, 나는 너무나 잘 알고 있었습니다.

잊을 수 없던 일입니다.
금년 3월 17일, 졸업식이 있던 날 오후의 일이었습니다.
저는 식에서 돌아와 제복을 평상복으로 갈아입는 동안, 차 마시는 방에서 이야기하시는 부모님의 말씀을 듣는 둥 마는 둥 했죠.

"저 아이 문제가 해결되지 않으면 여동생 둘은 시집도 못 보내겠어."
"그러게 말이에요. 차라리 병이라도 들어서 그냥 죽어 준다면 속이라도 편할 텐데, 아프기라도 했다면 덜 미웠을까요. 한 번도 병치레도 안 하고……"
"하하하, 공교로운 일이군. 차라리 불구라도 됐다면 또 다르게 생각할 수 있었을 텐데."

이런 대화를 들었을 때의 제 기분은…… 꽤 마음이 강한 여자가 되었지만, 마음속 깊은 곳에서는 여전히 누군가를 사랑하고, 온갖 애정에 매달리고 있던 절실했던 제가, 인간으로서 마지막 사랑에게마저 버림받았다는 걸 뚜렷이 깨달았을 때——그때의 그 견딜 수 없음이란. 부모의 차가운 말 속에 깃든 증오가 결국 부모로서의 뒤틀린 사랑이라는 걸 머리로는 알고 있었지만, 그 말들 속에서 저는 '자살 외에는 길이 없다'는 암시를 받은 듯했습니다. 언제까지나 '화성의 여자'로 살 수는 없는, 벼랑 끝에 선 제 처지…. 하지만 마음이 너무 약해서, 죽음조차 선택하지 못할 것 같은 여자의 이 절절한 슬픔을, 남성들은 과연 이해할 수 있을까요.

저는 이 끝없는 공허 속에서 몸 둘 곳이 없어진 것입니다.
방금 말했던 부모님의 이야기를 엿들었던 저녁에, 밥을 먹자마자 친구와 영화를 보러 간다고 말씀드리고, 어머님께서 사 주신, 아직 한 번도 소매를 통하지 않은, 바보 같을 정도로 화려한 표현과 무늬의 겹옷을 입고, 여동생들이 눈치채지 못하도록 집을 살짝 빠져나왔습니다. 학교 뒷문 옆의 공터에 있는 포플러 나무 그늘에서, 콘크리트 담을 넘어 교정의 화장실 그늘로 뛰어내렸습니다.
그 정도의 일은 저에게는 아무것도 아니었습니다.

그 후, 저는 오랜만에 다시 그 폐가 2층의 등나무 의자에 천천히 소매를 포개고 앉았습니다. 그리운, 그러나 외롭고 쓸쓸한 하늘을 바라보며, 조용히 예전의 허무한 추억 속으로 돌아가 보고 싶었습니다. 새로 신은 펠트 조리의 발소리를 조심스레 죽이며, 인적 하나 없는, 별빛만 크게 내려앉은 교정의 어둠 속을 걸어 그 폐가로 향했습니다. 그리고 마침내, 층하의 흙바닥이 잠긴 어둠 속으로 살짝 한 발을 들여놓았습니다.

그 어둠 속에서 갑자기 나타난 털북숭이 남자의 두 팔에, 저는 단단히 끌어안겼습니다. 그리고 그 순간, 상상조차 하지 못했던 애절한 사랑의 말을 — 제 생애 처음으로 — 속삭임처럼 들었습니다.

"……와주서서 정말 감사합니다. 잘 와주셨습니다. 이 외로운 독거 노인의 괴로움을 구해줄 수 있는 사람은 당신뿐입니다. 당신이 없으면 저는 더는 살아갈 수가 없습니다. 부디 이 쓸쓸한 교육가를 불쌍히 여겨주십시오…… 네…… 그래요…… 우리 둘 다, 세상에 단 한 사람뿐인 외로운 마음을 서로 알고 있잖아요…… 네…… 네…… 네……"

그 목소리가… 그 말씀이… 확실히 교장 선생님의 그것임을 알았을 때, 제 놀라움은 어떠했을까요. 제 온몸이 심장과 함께 돌이 되어 버린 것 같았습니다.

……어쩌다 제가 여기에 오는 걸 아셨을까, 잠시 그런 생

각이 스쳤습니다. 그러다 문득, 직원실 맨 왼쪽 창문에서 뒷문 쪽이 보인다는 게 떠올랐죠. 아마 직원실에 계시던 교장 선생님이 우연히 제 모습을 보고, 먼저 움직여 궁도장 울타리 그늘로 나와 기다리고 계셨던 게 아닐까…… 그렇게 혼란스러운 머리로 스스로를 납득시키려 했던 것 같습니다. 저는 원래 사람을 잘 믿는 편이었으니까요. 그런 상황에서도, 교장 선생님의 행동을 가능한 한 좋은 쪽으로 해석하려는 본능적인 노력을 하고 있었던 거예요. 그래서 그분의 말도 이상하게 들리지 않았습니다. 게다가, 교장 선생님 같은 분이 이런 말도 안 되는 일을 저지르고 있다는 사실 자체가 이미 얼마나 심각한 사정인지를 보여주는 듯해, 제 타고난 약한 마음으로 도저히 거부할 수 없는 기분이 들었습니다. 그렇게 저는 어둠 속에서 그의 두 팔에 잡힌 채, 굳은 몸으로 고개를 떨군 채 서 있었습니다.

아아…… 의지 없는 나…… 그때 나는, 잠시라도 소리를 냈다가는 세상에 이름난 교장 선생님의 명예와 지위를 한순간에 무너뜨릴지도 모른다는 두려움에 사로잡혀, 몸 하나 움직이지 못한 채 얼어붙어 있었습니다.

아아…… 가엾은 나…… '서로의 외로움을 알고 있다'고 말하던 교장 선생님의 그 한마디에, 나는 저도 모르게 마음이 흔들려 버렸습니다. 벗어날 수 없는 운명 속에 갇힌 듯한, 서글프고도 무력한 기분에 휩싸였던 것이죠.

아아…… 어리석은 나…… 부주의한 나…… 교장 선생님이 세상에서 알려진 대로의 성인이 아니라는 것, 그분이 다른 여자를 만나기 위해 그곳에 왔고, 나를 그 여자로 착각했다는 사실을——그때 나는 왜인지, 티끌만큼도 의심하지 않았습니다. 아마 내 마음속 깊은 곳에 남아 있던 마지막 존경심이, 그분을 의심하는 일을 끝내 허락하지 않았던 걸 겁니다.

……아아…… 천박한 나…… 나는 교장 선생님의 돈과 관련된 추한 일들을 누구보다 잘 알고 있었습니다. 그렇지만 적어도 여성 문제에 있어서만큼은, 끝까지 결백한 분이라고 믿고 있었습니다. 설령 어리석은 일로 소문이 나더라도, 교장 선생님 한 분만큼은 돌아가신 부인에 대한 남편으로서의 정조를 지키고 계신 분이라 생각했어요. 그 성인 같은 분에게도 이런 비밀스러운 고민이 있다니, 얼마나 안타까운 일일까요. 그리고 그 이야기를 내게 털어놓아 주시다니, 얼마나 영광스러운 일인가…… 그렇게 생각하는 동안, 나는 도저히

참을 수 없는 슬픔에 사로잡혀 울고 또 울었습니다. 억눌러 온 모든 슬픈 기억들이 한꺼번에 머릿속을 휘몰아치고, 나는 교장 선생님의 품에 그대로 쓰러져 버렸습니다.

…그러는 사이, 시간은 흘러갔습니다.
아아…… 그러나 그것은, 얼마나 슬프고도 천박한 한순간의 꿈이었을까요.

얼마 지나지 않아 도라마 도라코 선생님이 들어오셨습니다. 우리가 늘 '뚱보 선생님'이라 부르던, 그 영어 담당 고참 여선생님이었죠. 그분에게 내가 얼마나 끔찍한 일을 당했는지…… 지금도 그 기억을 입 밖에 내기조차 어렵습니다. 캄캄한 어둠 속에서, 나는 온몸의 힘을 다해 도라마 선생님을 밀쳐내고 폐가 밖으로 도망쳤습니다. 그리고 가까스로 콘크리트 담을 넘어 나온 뒤, 곧장 활쏘기 도장의 사이 틈으로 몸을 숨겼습니다. 심장이 쿵쾅거려 숨조차 제대로 쉴 수 없었지만, 그래도 나는 그 자리에서 귀를 틈새 문에 바짝 대고, 폐가 안에서 들려오는 두 사람의 격렬한 말다툼에 온 신경을 곤두세워 듣고 있었습니다.

그때 교장 선생님이 얼마나 낭패해 계셨는지. 얼굴색은

알 수 없었지만, 아마 새파랗게 질려 계셨겠죠. 어둠에 익숙해진 눈으로 살짝 엿보니, 운동회용 큰 종이 인형 달마 님 엉덩이 사이에 납작 엎드려 위세 등등하게 계시는 도라마 선생님 앞에서 양손을 짚고, 반쯤 우는 목소리로 얼마나 꾸벅꾸벅 사죄하는지.

"아니요, 실수라고 말하게 두지 않겠어요. 당신은 저 한 사람만 속인 게 아니니까요. 이런 식으로 얼마나 많은 여자들을 속여 왔는지, 저는 다 알고 있어요. 성적이 나쁜 학생에게 점수를 올려주겠다고 유혹하고, 그 대가로 그 학생이나 그 어머니들에게 무엇을 요구했는지도요. 당신의 장사 수단은, 전교생 시험지를 주머니에 넣고 다니는 것이죠.
　당신 하숙집 2층에 찾아왔던 여학생들과 어머니들의 이름은 전부 제 노트에 적혀 있습니다. 하숙집 여주인이 그 일에 대해 입을 다무는 이유도 저는 예전부터 알고 있었어요. 후후후……
　그뿐만이 아닙니다. 지금 5학년 우등생인 도노미야 아이코 양, 그 아이는 당신의 친딸 아닙니까? 숨겨도 소용없어요. 매일 얼굴을 보다 보면 닮은 점이 너무도 뚜렷하니까요. 멘델의 법칙이란 참 무섭죠. 여자아이는 아버지를, 남자아이는 어머니를 닮는다지요. 보세요, 그 아이는 당신을 빼다

박았습니다.

 당신은 예전에 당신이 임신시켜 졸업시킨 제자, 마이사카 도메코 씨를 속여, 마음 약한 그녀를 도노미야 가문에 시집보냈죠. 그리고 그 집의 젊은 도련님에게 접근해, 순진하고 온유한 도노미야 부인을 교묘히 괴롭히며 죄책감조차 느끼지 않았어요. 그것을 일종의 비밀스러운 쾌락으로 삼으셨겠죠. 당신은 그런 사람입니다. 위선과 이중인격으로 가득한, 변태적인 자기도취의 인간 말이에요.

 이 사실을 아는 사람은 지금 나와 마이사카 도메코 씨, 단 두 사람뿐이에요. 그 딸, 아이코 양은 아직 아무것도 모른 채 당신을 훌륭한 교장 선생님으로 존경하고 있겠죠. 얼마나 고마운 일입니까. 저와 마이사카 씨는 기숙사 시절부터 둘도 없는 친구였어요. 그 소중한 친구를 울린 사람이 당신이니, 제가 모를 리 있겠습니까.

 저는 그때부터 당신의 삶에 흥미를 느꼈고, 언젠가 당신에게 접근할 기회를 노려왔습니다. 여자의 집념이 얼마나 무서운지 모르시죠? 오호호……

 저는 침묵하지 않아요. 저는 흔한 일본 여성과는 달라요. 고집을 부리면 끝까지 밀어붙일 수 있는 여자죠. 남자아이 둘을 혼자 키워 온 여자의 눈은 세상의 속을 꿰뚫어 보는 법이에요. 당신이 스무 해 전, 천사처럼 아름다운 마이사카 씨를 껴안으며 속삭였던 그 말 — '이 외로운 독신자를 가엾게 여겨 주시오' — 그 말, 저는 세상에 드러낼 방법을 알고 있습니다. 호호호…"

그 이후의 대화는, 아마도 제 정신이 흐려져 있었던 탓인지 하나하나 또렷이 기억나지 않습니다. 하지만 요약하자면, 교장 선생님의 필사적인 변명 끝에 도라마 선생은 그 '실수'의 이유를 마침내 납득한 듯했습니다. 결국, 교장 선생님의 잘못은 도라마 선생을 주임으로 승진시키는 조건 아래에서 조용히 덮이는 쪽으로 타협된 것 같았습니다.

그 뒤로는 제 입을 막을 방법에 대해 속삭이며 이야기를 나누고 계셨습니다. 킥킥거리는 웃음소리 사이로 "오사카"라든가 "폐물 처리" 같은 단어가 어렴풋이 들려왔지만, 대부분의 말은 알아들을 수 없었습니다. 하지만 속으로는 생각했죠. 설령 남들이 시킨다 해도, 이런 비밀을 함부로 떠벌릴 제가 아니라고요.

나는 숨을 죽인 채, 가슴이 꽉 막힌 듯한 심정으로 두 사람의 대화를 끝까지 듣고 있었습니다. 그리고 마지막에, 두 사람은 이런 대화를 나누었습니다.

"괜찮겠습니까, 교장 선생님. 만약 주임 대우와 승급 약속을 잊으신다면, 손해 보시는 쪽은 바로 당신일 겁니다. 저는 이제 이번 봄에 두 아이가 대학과 전문학교를 나란히 졸업하기만 하면 되고, 평생 먹고살 만큼의 저축은 이미 해 두었습니다. 그러니 세상이 저를 두고 뭐라 하든 전혀 두렵지 않습니다. 그저 이제 바라는 건, 두 아들의 결혼 비용과 노후 연금을 마련할 수 있을 정도의 벌이뿐입니다. 저는 어떤 일이라도 세상에 폭로할 수 있습니다만…… 그래도 괜찮으시겠습니까, 모리스 씨."

"헤에헤에. 결코 잊지 않겠습니다. 확실히 승낙했습니다. 아아, 의외의 실수로 걱정했습니다."

"그렇다 해도 저 아이는, 어째서 여기에 들어왔을까요? 기분 나쁘게…."

이만큼 듣자, 저는 살짝 틈새 문에서 떨어졌어요.

궁도장 그늘의 방화벽 옆에서 밖으로 나와, 뒷문가의 공동 변소에서 머리카락과 얼굴을 정성스럽게 고치고, 몰래 자택으로 돌아갔습니다.

그날 밤, 머릿속은 회오리바람처럼 뒤엉켜 한순간도 눈을 붙일 수 없었어요. 두 손으로 가슴을 단단히 끌어안은 채, 손목이 저릴 정도로 버티며 밤을 꼬박 새웠습니다. 사형 선고를 받은 사람이라도, 아마 나만큼 새벽을 두려워하지는 않았을 거예요. 다음 날 아침, 나는 온몸이 이상하게 무겁고 나른하다는 것을 느꼈습니다. 심한 운동 뒤에 구토가 치밀 듯한 피로감이 밀려왔고, 창밖의 햇빛은 이상하게 누렇게 빛나 보였어요. 몸을 일으키려 하자 어지럼증이 몰려와 도저히 견딜 수가 없어, 태어나서 처음으로 하루 종일 침대에 누워 있었습니다. 부모님께는 감기에 걸린 것 같다고 둘러댔어요. 그날 저녁, 근처 대학의 조교수로 일한다는 젊은 의사 선생님이 집에 와서 진찰을 했지만, 특별히 아픈 곳은 없고, 열도 맥도 모두 정상이었어요. 의사 선생님은 고개를 갸웃거리며 내 왼손에서 피를 조금 뽑고 돌아갔습니다. 하지만 그 피 한 방울이, 훗날 교장 선생님과 나를 이토록 끔찍한 운명으로 끌고 갈 줄은 — 그 혼란스러웠던 그때의 나로서는, 감히 상상조차 할 수 없었던 일이었어요.

그다음 날 아침, 그러니까 그로부터 나흘째 되는 이른 아침이었습니다. 저는 오랜만에 마음이 조금 가라앉은 듯한 기분으로 눈을 떴습니다. 전날 밤 젊은 의사 선생님이 주신 수면제 덕분이었겠죠. 잠옷 차림 그대로 정원으로 나와, 유칼립투스 나무 꼭대기에 걸린 푸르고 투명한 하늘을 천천히 올려다보았습니다. 하지만 그때의 제 마음은 참으로 슬펐습니다. 교장 선생님…… 저는 남들이 뭐라 부르든 결국 여자였습니다. 그 일이 도리에 어긋나고 부끄러운 짓이라는 걸 알면서도, 이상하게도 선생님을 미워할 수가 없었습니다. 오히려 그런 일을 하지 않으면 견딜 수 없을 만큼 약하고 비겁한 그 마음이, 그때의 제게는 안타깝고 불쌍하게 느껴졌습니다. 그래서였을까요. 저는 그 안타깝고 외로운 교장 선생님을, 설령 잘못된 방법으로라도 구해드리고 싶다고 생각했습니다. 그분이 다시 바른길로 돌아올 수 있도록 돕는 것, 그것이 어쩌면 나 같은 여자가 지닌 숙명 아닐까…… 그렇게까지 믿고 있었던 것입니다.

저에게는 "이 가련하고 외로운 늙은이를 구해 주시오"라고 말씀하신 말씀이, 교장 선생님의 진실한 마음에서 나온 것처럼 생각되어 어쩔 수 없었던 것이었습니다.

설령 그것이 잘못되어 저에게 말씀하신 말씀이었다고 해도, 저는 이제 저도 모르는 사이에 허무가 아니게 되어 있었습니다. 교장 선생님 덕분에 여자로서의 순정에 눈뜨기 시작했던 것입니다. 바닥을 알 수 없을 정도로 어리석은 저.

"오사카에 가는 게 어떻겠니?"

그날 아침 식사 전, 응접실에서 아버지에게 상담을 받은 일이 있었습니다. 언제나 제 일에는 무관심하던 계모도 이번 일에는 유난히 흥미를 보였는지, 눈을 반짝이며 제 곁으로 다가와 앉았습니다. 검소하기로 소문난 아버지는 드물게 금테 담배를 피우며, 평소와 달리 상기된 얼굴로 싱글벙글 웃으며 말씀을 꺼내셨습니다.

"너는 신문 기자가 되고 싶다고 말한 적이 있지?"
"네. 그런 생각을 한 적도 있었어요."
"사진도 싫어하지 않았지."
"네, 아주 좋아해요."

아버지는 내가 여러 신문과 잡지에 글을 보내거나 사진 살롱에서 입선한 일들을 알고 계셨기에, 이런 이야기를 새삼 꺼내시는 것이 이상하게 느껴졌습니다.
"그래서 말인데," 아버지는 담배 연기를 길게 내뿜으며 말을 이었습니다. "마침 좋은 기회가 생겼단다. 오사카의 한 신문사에서 여자 운동 기자를 구하고 있다고 한다. 여학교 운동부를 취재하고, 인터뷰를 하거나 사진을 찍는 일이 주요 업무라더구나. 어제 모리스 교장 선생님이 일부러 내 관청, 영림서까지 찾아와서 이야기를 하셨다. 네가 수락만 하면 신문사 쪽에서도 아주 반긴다더라. 유학의 길도 열어 줄 수 있다고 하니, 이런 기회는 다시 오지 않을 거야. 월급은 백 엔, 거기에 보너스도 석 달 치나 된다더구나. 괜찮다면 내가 바로 오사카로 전화를 걸겠다. 내일부터라도 출발할 수 있을 거라고 하더구나."

아버지는 그렇게 말씀하셨습니다.
저는 그때 침착하게 잘 있었다고 생각합니다. 실제로 3, 4일 전의 폐가 안에서의 사건보다 이때 아버지로부터 들었던 오사카행 이야기가 쿵 하고 저를 내동댕이쳤던 것이었습니다. 저는 이때만큼 제 기분이 배신당한 적은 없었습니다. 교장 선생님이 저를 오사카로 보내려 하고 계신다는 것이 저를 절망적으로 슬프게 만들었습니다.
"…생각할 시간을 주세요."
대답하는 동안 저는 이제 눈물로 가슴이 가득 차버렸습니다. 왜인지 모르는 채 훌쩍훌쩍 흐느끼기 시작했습니다. 그것을 본 아버지는 또 의자 위에서 한쪽 무릎을 앞으로 내밀며 말씀하셨습니다.

"이만큼 고마운 일이 어디 있나. 대학을 졸업한 남자 학사조차 30엔, 20엔의 자리가 없는 세상이야. 생각할 거리 같은 것은 없잖아…… 아니면 뭔가. 너에게는 도저히 오사카에 갈 수 없는 이유가 있는 건가."

그때처럼 엄숙한 아버지의 목소리를 들은 건, 전에도 후에도 단 한 번뿐이었습니다. 그 순간 나는 놀라서 무심코 고개를 들어 부모님의 얼굴을 살폈습니다. 그런데 두 분은 마치 대죄인을 심문하듯 굳은 표정으로 나를 하얗게 바라보고 있었습니다. 그 눈빛이 너무 냉정해서 오히려 가슴이 쿵 내려앉을 만큼 놀라 버렸습니다.

하지만 나는 아무것도 눈치채지 못한 척, 고개를 좌우로 저으며 대답했습니다. "아니에요. 아무 이유도 없어요. 다만… 평생이 걸린 일이라, 이틀이나 사흘쯤만 생각할 시간을 주셨으면 해요."

그때 부모님의 눈빛이 이상하게 스쳤습니다. 서로 힐끗 눈을 맞춘 뒤, 아버지는 헛기침을 한 번 하셨습니다.

"흠, 그렇다면 묻겠다. 네가 우리에게 숨기고 있는 일이 있지 않느냐? 그것 때문에 오사카에 가려 하지 않는 건 아니고?"

그 말에 나는 순간 가슴이 철렁 내려앉았습니다. 그러나 재빨리 마음을 다잡고, 아무렇지 않은 표정으로 고개를 저었습니다. 그리고 길게 한숨을 내쉬며 대답했습니다. "아니요,

아무것도요."

아버지는 잠시 나를 똑바로 바라보다가 낮고 단단한 목소리로 물었습니다.

"그럼…… 그저께 밤, 넌 어디에 있었니?"

계모가 얼음처럼 차가운 조용한 목소리로 옆에서 말씀하셨습니다.

저는 소리 없는 천둥에 맞은 것처럼 흠칫하며, 털썩 고개를 숙였습니다. 아마 제 얼굴은 죽은 사람처럼 창백해져 있었겠죠. 단지 이제 가슴이 두근거리고 쿵쿵하며, 몸을 베는 듯한 눈물이 뚝뚝 잠옷의 무릎 위에 떨어질 뿐이었습니다.

―내 파멸은 곧 교장 선생님의 파멸이고, 교장 선생님의 파멸은 곧 나의 파멸이다. 모든 것은 무너지고 있었다. 지금 이 순간조차도, 이미 파멸은 시작되어 있었다. 그래서, 어떤 일이 있어도 파멸시켜서는 안 된다. 자백해서는 안 된다. 우리 둘은 이 비밀을 끝까지 껴안고, 바닥도 끝도 없는 무간지옥의 밑바닥으로, 어디까지나, 어디까지나 함께 거꾸로 떨어져야 한다…

그런 생각만이 머릿속을 선풍기처럼 쉼 없이 맴돌았습니

다. 피가 흐르는 모든 길을 눈물이 대신해 머릿속 가득 차오르고, 그 눈물이 뒤에서부터 밀려와 눈동자 속에 고였다가, 뚝뚝 흘러내리는 것만 같았습니다.

심장과 폐는 서로 엇갈려 뛰며 끝없는 허공 속에서 미친 듯이 파도치고 있었고, 숨이 막혀 소리조차 낼 수 없는 공포가 밀려들었습니다.

그 광란 같은 침묵 속에서, 아버지의 날카롭고 맑은 목소리가 제 귓가를 파고 들었습니다.

"숨겨도 소용이 없다. 그저께 의사 선생님이 가져가신 네 혈청을 대학에서 검사한 결과, 네가 이제 처녀가 아니라는 것이 알려져 버렸다."

계모가 제 바로 옆에서 길고 긴 한숨을 쉬었습니다. 남보다 훨씬 더 차가운, 훨씬 더 남 같은 한숨을…

"그저께, 너를 진찰하신… 어젯밤에도 진찰하러 와 주신 선생님은, 그분의 연구로 오스트리아까지 다녀오신 유명한 의학 박사였단다. 어떤 변명을 해도 통하지 않는, 과학상의 훌륭한 증거를…… 나는, 나는…… 눈앞에 들이밀렸단다."

무서운 과학의 힘…

제가 이제 청정한 몸이 아니라는 것... 저 자신도 그렇게 생각되지 않을 정도로 덧없는, 찰나의 사건… 그것이 단 한 방울의 혈액 검사로 알 수 있다니…

이 얼마나 잔혹한 과학의 심판인가……. 저는 그저 융단 위에…… 부모님의 발밑에 울며 무너져 버렸습니다. 아버지는 저에게 기어코 상대를 털어놓으라고 다그쳤습니다.

절대 무리한 짓은 하지 않는다. 짝지어 주겠다. 너를 그렇게까지 생각해 주시는 분이 계시다는 것을 우리가 눈치채지 못한 것이 나빴던 것이다. 어떤 상대라도 좋으니 털어놓아라. 부모의 자비라는 것을 모르느냐……라고 부모님 모두 눈물을 흘리며 다그쳤지만, 저는 죽을 만큼 울면서, 마침내 버터 냈습니다. 교장 선생님의 이름을 털어놓는 일, 세상에서 가장 두려운 일, 도저히 저에게는 할 수 없었던 것입니다.
저는 태어나서 처음으로 부모님의 명령에 거역한 것입니다. 부모님의 자비를 배신한 것입니다. 교장 선생님의 명예를 위해, 저는 어째서 그때 미치광이가 되지 않았을까요. 그 후 저는 그날 정오 무렵이 되어서야 울다 지쳐 완전히 녹초가 된 채 잠자리에 누웠습니다. 아달린을 잔뜩 먹고, 창백한 얼굴의 두 여동생이 곁에서 지켜보는 가운데 깊이 잠들었지요. 이대로 그냥 죽어버리면 좋겠다고 생각하면서……

그다음 날인 3월 22일은 우리 27회 졸업생들이 교장 선생님께 드리는 사은회가 열리는 날이었습니다. 아아, 사은회… 저에게는 얼마나 비참하고, 슬프고, 무서운 사은회였을까요. 저는 아직 수면제에서 완전히 깨어나지 못한 듯한 꿈결 같은 기분으로, 죽든지 살든지 어느 쪽이든 상관없다는 막연한 생각만이 머릿속에서 끝없이 소용돌이치는 가운데, 다시 한 번 모교의 정문을 지나쳤습니다. 다시 한 번 교장 선생님의 얼굴을 보고 싶다, 과연 어떤 얼굴로 나를 바라보실까…… 하는 생각만을, 하늘에도 땅에도 의지할 수 있는 단 하나의 마음의 버팀목으로 삼으면서요. 언제나처럼 낡은 프록코트를 입으시고 현관에 서 계시던 교장 선생님은, 역시 언제나처럼 저를 보자 빙긋이 웃으셨습니다. 그것은 평소와 다름없는, 고귀하고 자비로운 교장 선생님의 얼굴이었습니다.

"…아마카와 씨, 안녕하세요. 잠깐 할 말이 있는데, 아직 시간이 있으니까……."

하고 침착한 목소리로 말씀하시며, 제 손을 끌 듯이 하여 정면의 계단을 올라, 2층 복도의 막다른 곳에 있는 빈 교실 한쪽 구석으로 저를 데리고 들어가셨습니다. 그리고, 역시 이 이상 없을 정도로 친절하고, 고귀하고, 자비로운 얼굴을 하시고 이렇게 말씀하셨습니다.
"어떻습니까. 아버지로부터 이야기를 들으셨습니까. 오사카에 갈 결심이 섰습니까?"
그러곤 다시 한 번 빙긋 웃으셨습니다.

그 교장 선생님의 얼굴에는 불과 이틀, 사흘 전의 기억이 티끌만큼도 남아 있지 않았습니다. 온화한 미소와 윤기 흐르는 피부, 신처럼 자비로운 표정이 얼굴에 어른거렸습니다. 그 모습을 보고 있자니, 그날 저녁의 일은 혹시 꿈이 아니었을까 하는 생각이 들었습니다. 나는 어쩌면 터무니없는 악몽을 꾸고, 지금 그 잔영 속에서 헤매고 있는 건 아닐까…… 그런 착각마저 들 정도였습니다.
그럼에도 불구하고, 나는 혼란으로 뒤엉킨 머릿속을 붙잡으며 단호하게 오사카행을 거절했습니다. 그때의 나는 기쁨도, 슬픔도, 분노도 느끼지 못했습니다. 그저 아무 감정도 남지 않은 텅 빈 상태였죠. 아마도 내 뇌가 아직 마비되어 있었던 탓일 것입니다.

하지만 교장 선생님은 포기하지 않으셨습니다.
"이것은 당신을 위해서입니다…… 이 취직 자리만 승낙하시면, 당신에게는 분명 좋은 혼담이 들어올 것을 약속할 수 있으니까요…… 운동을 좋아하는 젊은 신사가 그 신문사에서 기다리고 있으니까요……"

이렇게 말씀하시고, 한층 더 친절한 어조로 같은 설교를 거듭해 이어가셨습니다만, 그 말을 고개 숙이고 듣고 있던 제가 살짝 곁눈질로 올려다보았을 때, 교장 선생님의 눈빛은 싸늘했습니다. 인간을 집어삼키는 물고기 같을 만큼 창백하고, 심술궂고, 냉혹한 빛이 맑게 번쩍이고 있었던 것입니다. 그 뭐라 형용하기 힘든 무정하고 차가운 눈빛을 본 바로 그 한순간에, 저는 거의… "악마다…" 하고 외치며 덤벼들고 싶을 만큼의 충동을 느꼈습니다. 그러나 저는 그 모든 것을 엉망진창으로 뒤엎어 버리고 싶은 제 마음이 오히려 두려워, 몰래 한숨을 한 번 내쉬고는 다시 고스란히 머리를 숙여 버렸습니다. 그때 교장 선생님의 말씀이, 이야기의 처음보다 훨씬 더 열을 띤, 마치 기도라도 올리는 듯한 목소리로 제 귓가에 울려 퍼지기 시작한 것입니다.

"……네…… 아마카와 씨, 생각해 보세요. 당신이 만에 하나라도 오사카에 가지 않으신다면, 부모님이나 여동생들에게 얼마나 정신적인 부담을 끼치게 될지 아십니까? 당신을 지금 그대로 두어서는 장래에 가정을 꾸리고 만족스러운 생애를 보내실 가능성이 거의 없다고 말씀드리며, 부모님이 밤잠도 못 자고 걱정하고 계십니다. 이것은 제가 진심으로 말씀드리는 것입니다. 당신은 도대체 장래를 어떻게 하실 생각입니까? 이렇게까지 당신을 생각하고 있는 제 마음을 모르시는 겁니까?"

그 교장 선생님다운, 이 이상 없을 만큼 완벽한 인격자의 말투. 위엄과 온정이 뒤섞인 그 목소리가 얼마나 얄미웠는지요. 나는 다시 한 번 모든 것을 폭로해 버리고 싶은 충동에 휩싸였습니다. 하지만 그때쯤엔 이미 결심이 굳어 있었기에, 온몸이 부들부들 떨리면서도 이를 악물고 끝까지 참아냈습니다.

"교장 선생님의 마음은 잘 알고 있습니다. 하지만 2, 3일 생각할 시간을 주십시오. 결코 선생님의 마음에 어긋나는 일은 하지 않을 테니까……."

이것은 제가 태어나서 처음으로 한 거짓말이었습니다.
이때 제가 결심하고 있었던 것은, 선생님의 마음에 거스르는 정도가 아니었습니다. 만일 이때 제가 하고 있었던 결심의 내용이, 아주 일부분이라도 교장 선생님께 짐작이 갔더라면, 교장 선생님은 그 자리에서 기절하셨을지도 모릅니다.

저는 선생님의 태연하고 돌처럼 단단한 얼굴을 보면서, 아주 인간적인 수단으로는 교장 선생님을 반성시킬 수 없다고 깊이 생각했습니다. 제가 화성에서 온 여자라면 교장 선생님은 토성에서 내려오신 초특급 악마임에 틀림없다고 생각했으므로, 어떤 일이 있어도 틀림없다…… 그리고 선생님을 맨 밑바닥까지 떨게 할 수단을 생각해야만 한다…… 그냥 죽이는 정도로는 따라잡을 수 없다…… 이 지구 표면이 교장 선생님에게는 살 수도, 죽을 수도 없는, 달군 프라이팬보다 무서운 곳으로 만들어 버려야만 한다고 굳게 결심해 버렸던 것이었습니다.

저는 미소를 머금으며 조용히 일어서서 교실을 나왔습니다. 그러자 입구에서 상황을 듣고 계셨던 듯한 뚱보 선생님과 딱 마주쳤지만, 저는 이제 완전히 침착한 상태였으므로, 아무것도 모르는 척 정중하게 인사를 하고 계단을 내려갔습니다. 나중에 교장 선생님과 뚱보 선생님이 무언가 상담을 하고 계시는 듯했습니다만, 그런 것은 이제 문제가 아니었습니다.

저는 학교 건물 아래쪽에 있는 재봉실, 지금은 졸업식 대기실로 쓰이는 그곳에 들어가 친구들 사이에 섞였습니다. 이야기를 나누며 함께 웃고, 과자를 주고받으며 한 시간쯤을 보냈죠. 아마 그렇게 마음을 터놓고 친구들과 어울려 본 건, 태어나서 처음이었을 것입니다. 그 시간 동안 저는 키가 크다는 것도, 못생겼다는 것도, '화성의 여자'라 불리던 별명도 모두 잊고 있었습니다. 왠지 이별이 아쉬워서, 가능한 한 많은 친구들과 눈을 맞추고, 웃고, 손을 잡았습니다. 돌이켜보면, 그 한 시간이 제 인생에서 처음으로 '인간다운 행복'을 느꼈던, 가장 따뜻한 순간이었던 것 같습니다.

그 후 얼마 지나지 않아 시작된 사은회의 모습을, 저는 조금 더 자세히 써야만 합니다.
그것은 이 세상에 다시없는 교장 선생님의 악덕을, 눈부시게 아름답고 고상하게 꾸민 연극이었으니까요. 그것은 저 외의 사람들이 한 명도 눈치채지 못한, 그리고 동시에 단 한 명, 저만을 가책하고 위협하기 위해 집행된, 세상에 둘도 없이 무서운, 길고 긴 고문이었으니까요…….
처음에 전교 학생의 가요 합창이 있었습니다만, 그 순진하고 장엄하기 짝이 없는 음률의 물결을 귀에 담고 있는 동안부터 저는 온몸이 오싹오싹해서 가만히 있을 수 없을 정도로 하늘이 두려운, 당장이라도 도망치고 싶은 기분이 되어 버렸습니다. ……마음의 맨 밑바닥에서 떨지 않고는 있을 수 없는…… 가요의 고문…….

그다음에, 학부모 대표로서 행정관인 도노미야 씨가 단상에 서셨을 때, 연설의 훌륭함. 교장 선생님의 고덕을, 극히 시시한 것까지도 하나하나 들어 설명해 가셨을 때의 만장의 엄숙했던 분위기…….

교장 선생님의 동상 기부금에 관하여, 교무인 고바야카와 선생님이 보고를 하신 후에, 졸업생 대표인 도노미야 아이코 씨…… 아직 아무것도 모르시는 아이코 씨가 모인 돈의 전액 목록을 바쳤을 때의, 교장 선생님의 태연하고 조금 기쁜 듯한 얼굴…….

그리고 가와무라 서기 씨의 사무 보고에 이어, 교장 선생님이 감사의 연설을 하셨습니다. 그 말씀은 눈물겨웠고, 진정이 담겨 있었으며, 그 모습은 신성하기까지 했습니다. 그리고, 그러했기 때문에, 그만큼 그 연설의 의미가, 어떤 시인도 감히 생각지 못할 정도로 악마적이었던 것입니다.

"저는 자식이 한 명도 없습니다. 그러므로 항상 여러분을 제 진짜 아이로 생각하고 있습니다. 이 5년 동안, 이름부터 얼굴, 마음씨까지 일일이 기억하며, 아무런 흠 없는 옥처럼 청정하게 자라가는 여러분의 모습을 마음속 깊이 새기고 있습니다. 여러분을 이 거칠고, 부정과 불의로 가득 찬 세상에 보내는 마지막 이별의 날인 오늘, 제가 어찌 태연할 수 있겠습니까. 어찌 감회 없이 있을 수 있겠습니까. 그것이 연약하고 아름답고 상냥한 여러분이기 때문에, 늠름한 아이를 전장에 보내는 어머니의 기분보다 훨씬 더 애절한 마음이 가슴에 가득 차는 것입니다.

……말할 것도 없이 인생은 전쟁터입니다. 이 사회는 현재 모든 훌륭한 과학 문명의 힘으로 아름답게 꾸며져 있습니다만, 그 내실을 생각해 보면 마치 야생의 동식물 세계, 정글이나 원시림, 아프리카의 암흑 지대와 마찬가지로 정신적으로도 물질적으로도 서로가 '먹느냐 먹히느냐'의 무서운 생존 경쟁의 장입니다. 그 어쩔 수 없는 생존 경쟁에서 생겨나는 모든 부정하고 불의한 사회악이 도처에 가득 차 있으므로, 특히 마음이 상냥한 젊은 여러분에게는 앞으로 옳고 그름을 쉽게 판단하기 어려운 아주 복잡하고 위험한 상황들이 곳곳에서 당신을 기다리고 있을 것입니다. 그러한 순간들에 부딪히더라도 스스로 감당할 각오를 지금부터 해야 합니다.

……여러 번 말씀드린 바와 같이, 오늘날까지의 인류 문화의 역사는 남성을 위한 문화의 역사입니다. 그리고 그 남

성의 역사라는 것은 개인 간 완력의 투쟁사에서 단체 간 무력 경쟁의 시대를 지나, 지금은 금전의 투쟁 시대로 접어들었습니다. 즉 활과 화살, 총이라는 무기가 '돈'이라는 무기로 바뀐 것뿐인 시대입니다. 그러므로 옛날 무력 투쟁 시대에 전쟁을 위해, 즉 적에게 이기기 위해 어떠한 간악무도한 소행이라도 어쩔 수 없는 일로서 허용되었던 것과 마찬가지로, 현재의 사회에서는 금전과 이에 따르는 명예, 지위를 위해 법률에 저촉되지 않고 타인에게 알려지지 않는 한 어떠한 악랄하고 비인도적인 짓도 마구 행하여도 상관없다고 생각하고 있는 것입니다. 더 극단적으로 말씀드리면, 현재의 세계는 국제 관계에 있어서도 개인 관계에 있어서도 태연하게 양심을 무시하고 인도를 유린할 수 있을 정도의 잔인하고 냉혈한 자가 아니면 절대로 승리자가 될 수 없는 세상이라고 말씀드려도 크게 틀리지는 않다고 생각할 수 있는 것입니다.

……즉 현대의 남성은 금전이라는 무기를 가지고 싸우는 암흑 투쟁 시대의 투사입니다. 무양심한 폭력이나 책략 등을 태연하고 교묘하게 행할 수 있는 남성이 승자가 되고 지배자가 되며, 그런 일을 할 수 없는 선인들이 열패자, 약자가 되어 가는 증거가 일상 도처에 넘칠 정도로 가득 차 있는 것입니다.

……그러므로 세계 전체가 상냥하고 아름답고 평화를 애

호하는 부인들의 마음에 의해 지배되는 시대는 아직도 훨씬 먼 곳에 있다고 말씀드려야만 합니다.

여러분은 부인으로 태어난 것을 기뻐해야만 합니다. 아시는 분도 있겠지만, '태합기'의 조루리(전통 일본 서사극)에는 이런 장면이 나옵니다. 주군을 배신하고 천하를 차지하려는 아케치 미쓰히데가 반대하는 어머니와 아내에게 이렇게 말하죠. '이건 여자들이 나설 일이 아니다.' 저 시대에도 지금에도 같은 일로, 부인은 그러한 추하고 사악한 생존 경쟁의 전부를, 세계가 시작된 이래 남성에게 맡겨 둔 채, 자신들은 모두 약속이라도 한 듯이 미와 사랑의 생활을 독점해 왔습니다. 그 순진하고 아름다운 사랑의 마음으로 요리, 재봉, 육아의 일에만 힘쓰고, 그 가정 생활을 꾸미고, 평화롭게 유지하며, 자손을 올바르고 아름다운 마음으로 교육하는 일에만 노력해 왔습니다. 그리고 차츰차츰 완력과 무력을 앞세운 야만적인 세계를 극복하여, 옛날 사람은 상상도 하지 못할 행복하고 안락한 오늘의 문명 세계를 만들어 왔습니다.

……그러므로 여러분은 결코 두려워할 필요가 없습니다. 저는 여러분에게 평화를 존중하는 마음을 심어 주고, 사람을 사랑하는 마음가짐을 가르쳐 드렸습니다. 여러분은 이 마음을 가지고, 남성이 만드는 잔혹하고 피도 눈물도 없는 후안무치한 악덕의 세계와 싸워야 하는 사명을, 아직 역사가 없

는 아주 먼 옛날 이래, 마음속 깊은 곳에서 본능적으로 이어가고 있는 것입니다. 그러므로 여러분의 아름답고 상냥한 평화와 인종을 존중하는 본능에 따라, 이 세계를 하루라도 빨리 정화하고 양심적이게 만들어, 인류가 서로를 위하는 마음에서 우러나오는 평화의 세계…… 부인의 미덕에 의해서만 지배되는 세계를 하루라도 빨리 키워 나가시도록, 매일매일 전력을 다해 일하고 계시기만 하면, 그것으로 충분합니다.

……그것은 결코 곤란한 일도, 이해하기 어려운 일도 아닙니다. 가정에서 부인의 아름다운 본능…… 깨끗한 애정은 이 남성과 싸우는 유일한 무적의 무기입니다. 아무리 성질이 거칠고, 피도 눈물도 없는 남성이라도, 부인의 끝없는 애정으로 보호된 가정 안에서는 마음속 깊은 곳에서 안심하고 평화를 원하는 마음이 됩니다. 그리고 자신도 모르는 사이에 큰 감화를 마음속 깊은 곳에 심게 됩니다. 가정 내에 쟁의를 일으키는 부인은 재앙입니다.…… 부디 여러분은 하루라도 빨리 건전한 가정을 이루시고, 결백하고 정직한 자녀를 많이 키워 내시어, 다가올 일본을 가능한 한 깨끗하고 명랑하며 올바르고 강하게 하시기를, 저는 진심으로 희망하는 바입니다.

……저는 이 희망 하나를 위해 생애를 바쳐 이 사업에 종

사하고 있는 사람입니다. ……반복해서 말씀드립니다. 여러분은 제 마음의 아이입니다. 이 아이들을 이러한 존귀한 싸움을 위해, 오늘 지금부터 사회에 보내는 제 마음을, 이별에 임하며……"

교장 선생님의 이야기가 여기까지 왔을 때, 사방에서 터져 나오는 박수의 견딜 수 없는 소용돌이, 그리고 잠시 계속된 흐느낌과 한숨…

그리고 졸업식 때와 마찬가지로 부르기 시작한,
눈물겨운 '반딧불의 빛'…

아아. 얼마나 감격에 가득 찬 광경이었을까요.
얼마나 신성한 교장 선생님의 모습이었을까요.

그 사은회가 끝나자마자 저는 돌아오는 길에 있는 도노미야 행정관님의 댁을 방문했습니다. 그리고 학교 제일의 미인이자 학교 제일의 우등생이라고 불리는 도노미야 아이코 님을 만나 소중한 비밀 이야기가 있다고 말씀드리고, 둘이서 응접실에 틀어박혔습니다.

도노미야 아이코 씨는 재학 중에 저의 소중한 애인이었습니다.

　친구들 중에서 시의 진짜 의미를 아는 분은 아이코씨 한 분뿐이었습니다. 아무도 모르지만, 때때로 몰래 뵌 적이 몇 번이나 있는지 모르겠고, 저 창고의 폐가 2층에서 허무한 이야기를 나눈 것도 한두 번이 아니었습니다. 하지만, 이렇게 댁을 방문한 것은 이번이 처음이었습니다.

　도노미야 아이코 씨는 정말로 강인한 분이었습니다. 제 이야기를 들으셔도 놀라거나 울지 않으시고, 아름다운 입술을 단단히 깨물며, 탄력 있는 예쁜 눈을 새빨갛게 빛내면서 제 길고 긴 이야기를 완전히 받아들여 주셨습니다. 그리고 제 이야기가 끝나자, 겨우 조금 눈물을 눈가에 스며들게 하며 단호한 어조로 말씀하셨습니다. 아름답고 조용한 목소리였습니다.

"……고마워요, 우타에 씨. 덕분에 지금까지 알 수 없었던 것을 완전히 알게 되었어요. 제가 처음으로 알게 된 아버지의 진실…… 모리스 교장 선생님을 반성하게 해 주시는 당신의 친절에 제가 감사 인사를 드리게 해 주세요.

　당신이 하시는 복수가 어떤 식으로 이루어지는지는 모르겠지만, 당신이 말씀하신 대로 누구에게도 들키지 않게 그 사람을 반성시키는 의미의 복수라면, 대단히 좋은 일이라고 생각해요.

 방법은 당신에게 맡기겠어요. 어떤 방법이라도 저는 결코 원망하지 않겠습니다.

 그리고, 그래도 아버님… 교장 선생님이 반성하지 않으신다면, 당신이 아버님께 드리라고 맡겨 둔 그 편지를, 분명 당신이 시킨 대로 세상에 내겠습니다.

 네, 내용물을 보지 않고…… 누구에게도…… 어머니에게도 비밀을 밝히지 않을 테니, 부디 안심해 주세요.

 저는 당신을 끝까지 믿고 가겠습니다. ……저는 당신에게 마음껏 원한을 풀게 해 드리는 것 외에는 아버지…… 아버지가 저지른 죄를 보상할 방법을 모르니까요…….

 하지만 그 일은 그 일대로 두더라도, 오사카에 가게 되면 꼭 소식을 전해주세요…… 부디…….”

 그렇게 말하고 아이코 씨는 단 한 방울, 눈물을 뚝 떨어뜨리셨어요. 그리고 그 눈물을 닦으려고도 하지 않은 채 달려와서, 제 손을 단단히 쥐셨어요.

 수많은 의미가 담긴 악수...
 그것으로 저의 준비는 끝났습니다.

제가 오사카에 가는 것을 승낙했을 때 부모님의 기쁨과 일부러 찾아오신 교장 선생님의 칭찬은 대단한 것이었습니다. 그리고 그때 제가 꺼냈던 무리한 부탁…… 오사카에 가는 것을 누구에게도 알리지 않고, 혼자서 출발하고 싶다.

오사카의 신문사 지국에도 인사하지 않은 채, 지금 바로 출발하고 싶다는 제멋대로인 소원도 그렇게 길게 말씀하지 않으시고 승낙해 주셨습니다.

하지만 저는 오사카에 가지 않았습니다.

사은회가 있던 그날 저녁에, 새 양복과 핸드백 하나로 가볍게 차려입고 부모님께 작별을 고한 후 집을 나섰습니다. 그대로 도노미야 시학의 댁을 방문하여, 드디어 오사카에 가겠다고 말하고, 무리하게 아이코 씨를 밖으로 나오게 한 저는, 함께 서양정에 올라가서 둘이서 마음껏 진수성찬을 주문한 후, 이별의 만찬을 가졌습니다.

그리고 모던 사진관에 가서 기념사진을 찍었습니다. 저기 사진관의 살롱에서 껴안고, 길고 긴 입맞춤을 했는데, 둘 모두 눈물로 젖어 서로의 얼굴을 볼 수가 없었습니다.

그리고 제 계획을 모르는 아이코 씨가 꼭 배웅하겠다고 말하며 정거장에 왔기 때문에, 어쩔 수 없이 오사카에 가는 척하고 기차를 타기는 했습니다만, 바로 근처 역에서 자동차를 타고 되돌아와, 마을 외곽의 어떤 외로운 여관에 묵었습니다. 그리고 근처의 헌옷 가게에서 사 온 검은 양복에, 검은 사냥모자, 검은 안경을 쓰고 검은색으로 통일한 복장으로, 남자 같은 걸음걸이를 하면서 필사적으로 교장 선생님의 뒤를 쫓기 시작했습니다. 손에 든 학생용 손가방에는 튼튼하고 긴 삼베 밧줄, 검은 복면용 보자기, 구식의 손에 익은 코닥, 최신식의 소형 발광기, 밀랍 성냥, 사진 종이를 자르기 위한 안전 면도날의 날을 넣고 있었지만, 이것은 전날 밤에 여관의 지붕에서 사용법을 연구해 둔, 연습이 끝난 물품들로, 교장 선생님에게는 권총보다, 독가스보다, 무엇보다 무서운 제 복수의 무기였던 것입니다.

그런 내용은 꿈에도 모르셨겠죠. 선생님은 저를 오사카로 쫓아내고 이제 안심이라고 생각하셨겠죠. 교장 선생님은 사은회가 있던 다음 날인 24일 저녁에, 어딘가로 출장 가시는 듯한 모습으로, 쫙 빼입은 모닝코트에 모자를 쓰시고, 서류함 같은 박스 가방을 소중하게 안고, 하숙집을 나오시더니, 저녁 어둠 속 거리를 따라 서둘러 교외로 나와, 덴진 숲 쪽으로 걸어가셨습니다. 자, 분명…이라고 가슴을 두근거리며 열심히 뒤를 쫓아가니, 과연 덴진 숲에는 두 명의 일본 옷차림의 신사분이 기다리고 계셨습니다. 늘씬한 그림자와 땅딸막하고 낮은 것이 보여 다가가니, 역시 제 상상대로, 곱사등이 가와무라 서기 씨와, 미남 도노미야 행정관 씨임에 틀림없다는 것을 알았을 때의 제 기쁨이란, 상상이 가시나요.

숲 밖의 국도에는 실내 조명을 끈 자동차가 세 명의 젊은 게이샤를 태우고 조용히 기다리고 있었습니다. 그것을 눈치챈 저는 손가방을 허리에 묶고 검은 보자기로 재빨리 복면을 만들었습니다. 세 사람이 자동차에 타는 순간, 저녁 어둠에 섞여 스페어타이어가 있는 곳으로 뛰어들어 작게 웅크려 매달려 갔습니다.

그리고 그 자동차의 행선지가 제 예상대로 온천 호텔이라는 것을 알았을 때의 만족스러운 마음, 안심…… 모험심과 호기심, 그것은 얼마나 터질 듯 설레는 것이었을까요.

제 복수의 모든 것은 처음부터 온천 호텔을 목표로 연구하고 계획했던 것이니까요. 그리고 그것이 처음부터 쭉 생각해왔던 대로 척척 진행되기 시작한 것이니까요…….

하지만 제가 잠깐 생각해 봤을 때, 자동차 안의 분들은 얼마나 깜짝 놀라셨을까요. 그 자동차가 시보레의 오픈카였던 것은 정말로 하늘의 도움이라고 생각할 만한 것이었습니다.

제가 우연히 안전 면도날을 준비하고 있었던 것은, 이것이야말로 하나의 기적이었을지도 모르겠네요. 덜컹거리는 차체 안에서 와자지껄 떠들고 있던 세 사람은 제가 안전 면도날로 뒷창문 주위를 U자형으로 오려내는 것을 조금도 눈치채지 못하셨습니다.

그 구멍으로 한 손을 찔러 넣었을 때, 교장 선생님은 왼쪽의 가장 귀여운 무희의 등 뒤에서 그녀를 껴안고 계셨습니다만, 무희의 꽃비녀와 아미타불처럼 쓰고 계셨던 교장 선생님의 모자를 빼앗아 자동차에서 뛰어내려 도망쳤을 때, 제 다리의 힘이 또 얼마나 도움이 되던지……

젊은 운전사 분이 '도둑, 도둑이야' 하고 외치며 필사적으로 쫓아오기는 했습니다만, 해가 저문 지 얼마 안 된 평탄한 국도니까요…….

오른손에 꽃비녀를, 왼손에 손가방을 안고, 모자를 단단히 입에 문 저는, 그렇게 숨이 차지도 않은 채로 추격자를 따돌려 버렸습니다. 그리고 마을로 되돌아가, 깜짝 놀란 도노미야 아이코 씨를 살짝 불러내어, 생각지도 못한 횡재를 한 것을 알려 드리고, 진심으로 기쁨을 나눌 수 있었습니다.

그러므로 저 산고모와 꽃비녀는 지금도 도노미야 아이코 씨의 수중에 있을 것입니다. 이 편지를 보셨다면, 바로 아이코 씨 댁으로 받으러 가 보십시오. 어떤 극적인 장면이 전개될지는 모르겠습니다만…….

하지만 제 진짜 목표는 아직 남아 있었습니다. 그 정도로 반성하실 교장 선생님이 아니라는 것을, 저는 잘 알고 있으니까요.

"아이코 씨…… 교장 선생님이 정말로 후회하시고, 어머니께도 사과하시면, 이 모자와 꽃비녀를 드려요…… 그래도 만약 교장 선생님이 받으러 오시지 않으면, 이 두 가지 물건은 어머님과 상의해서 원하는 대로 해 줘요……"

그렇게 이야기를 남긴 후, 저는 바로 다른 택시를 타고 곧바로 온천 호텔로 향했어요.

……아아…… 온천 호텔…… 저 유명한 온천 호텔이야말로, 제가 교장 선생님께 복수를 생각하기 전부터 호기심에 이끌려 몇 번이고 몇 번이고 학교에서 돌아오는 길에 온천 철도를 타고 가서, 뒤에서 앞에서 둘러보고, 자세히 탐험했던 곳이었습니다. 그리고 이번 일… 제 인생을 걸고 덤벼든 일은, 이 집이 아니고서는 절대로 이루어질 수 없다는 것을 마음속 깊이 예상하고 있던 곳이었던 것입니다.

저는 교장 선생님의 일행이 돌아갈 마음으로 일을 저지르지 않는다는 것을 이미 알고 있었습니다. 덮개 자동차의 뒷

창문을 오려낸 범인이 무엇을 목적으로 한 것인지, 그때의 세 분이 알 수 있을 리가 없습니다. 하물며 벌써 오래전에 오사카에 도착해 있을 터인 제가 그런 일을 했다고 눈치챌 수 있을 리가 없었습니다. 그리고 모처럼 세 명이나 모여 생각했던 오늘 밤의 계획을 이 정도의 일에 깜짝 놀라 중지할 리도 없습니다. 단지 아라비안나이트 같은 이상한 재난에 놀라 와글와글 소동이 벌어졌기에 오히려 더 서둘렀을 것을, 저는 99% 믿고 있었습니다.

그래서 저는 온천 호텔 앞을 조금 지나쳐 유노카와 다리 소맷자락에서 차를 멈추게 했습니다.

저는 좁은 옆 골목을 따라 온천 호텔의 3층 옆으로 나와서, 저기 어두운 판자 담 그늘에서 오랫동안 귀를 기울이고 있었습니다. 높은 3층 창문에서 밝은 광선과 함께 희미하게 새어 나오는 교장 선생님의 웃음소리를 들으며, 안도의 가슴을 쓸어내렸습니다.

그리고 바로, 소리가 나지 않도록 판자 담을 넘어 비상 사다리를 따라 3층의 비상구까지 갔습니다. 튼튼한 구리 빗물 홈통을 따라 처마 끝에서 빙글 돌며 엉덩이를 들어 올려 지붕 위로 나왔습니다. 저 같은 화성의 여자도 엉덩이를 들어 올렸을 때, 아득히 눈 아래 암흑 밑바닥의 석등에 비친 화강암의 포도를 힐끗 내려다보았을 때는 무심코 식은땀이 흘렀습니다.

그렇게 고생을 하여 겨우 목표로 했던 붉은 기와지붕의 끝에 기어 올라간 저는, 입에 물고 온 손가방에서 꺼낸 가는 끈의 한가운데를 지붕 가운데에 있는 피뢰침의 뿌리에 묶고 그 끝을 제 몸통에 감아 당기며, 가파른 붉은 벽돌의 경사를 내려갔습니다. 그리고 지붕 끝의 빗물받이가 있는 곳에서 얼굴만 내밀고, 바로 아래의 회전창 너머로 방 안을 들여다본 것이었습니다. 온천 호텔의 3층은 전체가 하나의 전망용 살롱처럼 되어 있었습니다. 비가 올 듯하여 무더웠던 탓이었겠죠. 창문 위쪽이 전부 개방되어 있었으므로 내부의 모습이 구석구석 손에 잡힐 듯이 한눈에 보였습니다.

저는 그때 방 안의 모습이 제 상상을 뛰어넘었기에, 그것을 모두 쓸 용기가 없습니다.

그냥, 필요한 만큼만 써 두겠습니다. 큰 종려나무, 바나나, 칸나의 화분과 여러 가지 사치스러운 모양의 긴 의자가 배치된 금빛으로 번쩍이는 방 안에서는, 체격이 훌륭한 도노미야 행정관 씨와 소름 끼치게 하얀, 빛나는 등의 혹을 노출한 가와무라 서기 씨, 그리고 대머리 곰 같은 털북숭이 교장 선생님이 자동차로 데리고 오신 세 명의 젊은 부인 외에 그곳의 게이샤로 보이는 중년 여인 두 명과 합해서 다섯 명의 천박한 부인들을 상대로 정욕이 하늘까지 치솟은 난장판이 벌어져 있었습니다. 짐승인지 인간인지 알 수 없는 모습과 목소리로 뛰거나, 뛰어오르거나, 굴러다니고, 기어 다니고, 웃고, 울고 계셨어요.

　저는 잠시 동안 망연히 그런 광경을 넋을 잃고 보고 있었습니다. 「현대의 문명은 남성을 위한 문명」이라고 말씀하신 교장 선생님의 연설을 떠올리면서, 이렇게 요괴 같은 인간들과 미인들이 난무하는 광경을 태어나서 처음으로 눈앞에 보고, 정신이 아득해질 정도로 어이없어하고 있었습니다. 그러다 정신을 차린 저는, 지붕 끝에서 몸을 거꾸로 하여, 침착하게 코닥의 초점을 맞췄습니다.

　그리고 일부러 밀랍 성냥을 하나 찰칵 하고 켠 후에, 모두의 시선이 이쪽을 향한 순간을 잘 보고 발광기를 태웠습니다. 강하고 창백한 광선은 저쪽의 넓은 방 끝까지도 닿은 것 같았습니다. 제가 발광기를 눈 아래 깊은 나무숲 속으로 내던지자, 긴 의자 위에서 놀고 있던 부인들 중에는 '꺄아──' 하고 외치며 옷을 입으려 한 사람도 있었던 것 같았습니다.

"뭐였을까요, 방금 것은……"
"무섭게 빛났잖아요"
"셔터 소리가 난 것 같은데……"
"별이 떨어진 거겠죠."
"바보 같은 소리, 오늘 밤은 흐려요."
"아니. 별빛이라도 구름을 뚫고 보일 수 있죠. 빛이 강렬하니까, 바로 코앞처럼 보일 수 있습니다. 저는 한 번 봤습니다…… 어릴 때……"
"오늘 밤은 왠지 이상한 일이 있는 밤이군요."
"마치 창문 바로 밖인 것처럼 보였는데……"

그렇게 말하고 교장 선생님이 느릿느릿 창문 있는 곳으로 다가오시는 듯했습니다. 그 순간 큰 재미를 느낀 저는 또 하나의 장난을 떠올렸습니다. 사진기와 손가방을 깊은 빗물 홈통 속으로 떨어뜨린 저는 재빨리 머리카락을 풀어 길게 덥수룩하게 늘어뜨렸습니다. 와이셔츠의 가슴 부분을 검은 보자기로 가리고, 과감하게 몸의 절반 이상을 지붕 끝에서 내밀었습니다. 긴 머리카락을 거꾸로 휘날리며 숨 막힐 정도로 높은 슬픈 목소리로 외쳤습니다.

"모리스 선생니이이이임—"

방 안에서 흘러나오는 밝은 전등의 빛으로 창밖에 있는 제 얼굴을 발견한 교장 선생님은 창문 틀을 붙잡은 채 눈을 새하얗게 뜨고 저를 노려보셨습니다. 천박한 알몸 그대로 떡 벌어진 입 속에서 하얀 혀를 축 늘어뜨리고 계셨습니다. 그 모습이 너무 우스꽝스러워서 저는 무심코 소리 높여 웃기 시작했습니다.

"……호호호…… 하하하하하하…… 히히히히히히……!!"

방 안이 제 웃음소리에 따라 총궐기했습니다.

"저거에——웃……"
"꺄아아——앗……"
"……누가 와줘——웃……!"

저마다 비명을 지르며 도망치고, 남의 옷을 끌어안으며 달려 나가는 여자…… 그대로 입구 쪽으로 굴러 나가는 여자…… 기절한 채 의자 위에 뻗어 있는 사람…… 쓰러지는 의자…… 뒤집히는 탁자…… 깨지는 컵과 접시…… 굴러다니는 빈 병 소리…….

……한밤중에 3층 지붕 처마 끝에서, 거꾸로 머리카락을

늘어뜨리고 웃고 있는 여자의 목을 보신다면, 누구라도 인간이라고는 생각하지 않겠죠…….

그것은 얼마 지나지 않아 조용히 진정되었고, 뒤에는 교장 선생님과 마찬가지로 저를 노려보며 막대기처럼 서 계시는 도노미야 행정관 씨와 가와무라 서기 씨가 남았습니다. 그 세상에 둘도 없이 가벼운 모습의 세 분의 얼굴을 둘러보다 보니, 저는 다시 한번 과감한 높은 목소리로 마음속 깊은 곳에서부터 웃었습니다.

"호호호호호…… 오호호호호호호…… 제가 누군지 아시겠습니까……?…… 교장 선생님…… 도노미야 씨…… 가와무라 씨…… 화성의 여자예요…… 오호호호호호호호호…… 이히히히히히히히히…… 아하하하하하하하하……!"

교장 선생님은 눈을 하얗게 뜨고, 혀를 축 늘어뜨린 채, 대지진을 만난 불상처럼 뒤로 쿵 하고 넘어졌습니다. 다른 두 분은 그것을 쳐다보지도 않은 채, 제 얼굴을 노려보며 막대기처럼 서 계셨던 것 같습니다만, 저는 그대로 밧줄을 당겨 원래의 지붕 위로 돌아갔습니다. 네 발로 기는 모습으로, 후우…… 하고 한숨을 한 번 쉬며 마음을 진정시켰습니다.

저는 그때 일어설 수 있을지 없을 정도로 피곤한 상태라는 것을 깨달았지만, 그 자리에서 쉴 수는 없었습니다. 도망친 게이샤들이 옷을 입고 나서 호텔 사람에게 알린 것인지, 아래쪽에서 누군가 와글와글 소란을 피우는 소리가 났습니다. 그에 따라 낡은 비상등의 빛이 두세 개, 눈 아래 아득한 정원 속으로 달려 나온 듯했습니다만, 저는 조금도 당황하지 않았습니다.

소중한 사진기를 넣은 손가방을 단단히 입에 물고, 피뢰침에 묶은 밧줄을 내버려 둔 채, 지붕의 맨 위에 올라와서 반대쪽 끝으로 갔습니다. 거기서 구름 사이로 새어 나온 아름다운 별빛을 우러러보았을 때, 저는 왜인지 가슴이 벅차올라 눈물이 고여 곤란했습니다.

저는 그대로 지붕의 경사면을 달려서, 어둠의 정원에 뛰어내려 죽어 버리고 싶은 충동에 휩싸였습니다만, 아래쪽에서 비상 사다리를 타고 올라오는 으스스한 발소리를 듣고 정신을 차리고, 바로 발 아래 있는 라디오의 안테나를 따라 옆 동의 2층 지붕에 내려갔습니다.

그리고 지붕에 가까운 큰 소나무 가지에 뛰어올라 판자담 밖으로 내렸습니다. 그리고 논 속의 밭두렁을 가로질러 지름길로 달리면서, 일직선으로 온천 철도의 정거장으로 달려온 저는, 겨우 마지막 전차 시간에 맞춰, 한 시간도 채 안 되어 마을의 여관으로 돌아왔습니다.

여관의 제 방에는 제대로 잠자리가 마련되어 있었습니다. 그 베갯맡에는 쓴 약처럼 끝까지 우러난 차가운 차가 놓여 있었으므로, 저는 앉을 겨를도 없이 벌컥벌컥 두세 잔을 연달아 마셨습니다. 너무나 맛이 좋았습니다. 방금 온천 호텔의 지붕 위에서 죽고 싶어졌을 때와는 정반대로 용기가 백배나 생긴 것 같았습니다.

그날 밤의 필름 현상 작업은 100퍼센트 순조롭게 진행되었습니다. 작은 필름이지만, 천박한 모습의 세 명의 남성과 다섯 명의 여성이 깜짝 놀라 이쪽을 향하고 있는 광경이 너무나 뚜렷하게 보여서 확대해 볼 필요도 없었습니다. 이럴 줄 알았으면 저렇게 고생해서 모자나 꽃비녀 같은 것을 후일의 증거로 빼앗는 모험을 하지 않아도 좋았을 텐데 하고 혼자 웃어 버렸습니다. 그렇게 그날 밤부터 다음 날 정오 가까이까지 저는 완전히 만족한 마음으로 휴식을 취했습니다.

정오가 지나서 일어난 저는 최대한 빨리 이 편지를 쓰기 시작했습니다. 이렇게 긴 편지를 세 통이나 쓰고 있다면 한밤중이 되거나, 어쩌면 날이 밝아버릴지도 모르지만, 그래도 저는 상관없습니다. 날이 밝기 전에 어젯밤의 사진을 인화하여 서너 장씩 편지 속에 넣을 수 있도록 해두었습니다.

저는 이 편지를 세 통 모두 별도의 주소가 적힌 봉투에 넣어, 부탁한 대로의 순서로 내주도록 쓴 것을 동봉하여, 내일 26일 밤, 마을 전체가 잠든 시각에, 아이코 씨 댁의 우편함에 넣어 두겠습니다.

그리고 훨씬 이전에, 학교의 화학 교실에서 훔쳐 둔 ××××와 탈지면, 어제 사 둔 △△△△와 △△△를 가지고, 저 모교의 추억의 폐가에 숨어들겠습니다.

저기에 쌓여 있는 짚과 대나무, 종이가 가득한 운동회 용구를 쌓아 올리고, △△△△를 뿌리겠습니다. 그리고 맨 촛불을 △△△△에 젖은 다다미 위에 직접 놓고, 20분 정도 지나면 저기 일대가 불바다가 되도록 해 두겠습니다. 그리고 ××××를 듬뿍 적신 솜으로 얼굴을 덮고, 쌓아 올린 연료 아래로 기어들어갈 생각입니다. 저는 휘발유를 맡게 되면 바로 비틀거리는 성질이므로 ××××를 잔뜩 맡으면, 아직 불이 나기 전에 마취가 너무 되어 정말로 죽어 버릴지도 모릅니다.

모리스 교장 선생님······.

이렇게 당신이 저를 여자로
만들어 주신 은혜를 갚겠습니다.

그것과 함께, 제가 진심으로 사랑하는 애인 도노미야 아이코 씨를 대신해, 그 아버지가 지은 죄에 대한 마지막 책임을 제가 짊어지고 싶습니다. 제가 이렇게 모든 것을 청산하지 않으면, 원래의 허무로 돌아갈 수 없습니다.

부디 화성의 여자가 남긴 유품,
새까만 소녀의 시체를 받아 주십시오.

제 육체는 영원히 당신의 것이니까요···
퉤퉤···

옮긴이의 말

유메노 규사쿠(夢野久作, 1889~1936)는 일본 근대문학사에서 언제나 조금 비켜 서 있는 사람이다. 동시대의 에도가와 란포처럼 추리작가로 분류되기도 하고, 한편으로는 '에로·구로·난센스'라 불리던 1930년대 기괴 취향의 정점에 놓이기도 한다. 승려, 농장 경영인, 신문 기자를 거쳐 뒤늦게 본격 창작을 시작한 그의 이력만 봐도, 정통 문단의 중심과는 어딘가 어긋난 궤적을 그리고 있다. 그런 그가 남긴 대표작 중 하나가 바로 세 편의 단편을 묶은 《소녀지옥》이다. 이 책 속의 소녀들은 모두 어떤 "사건"과 함께 등장하고, 그 사건의 중심에 선 채 자멸하거나 사라진다. 제목 그대로, 여기서 지옥은 추상적인 종교적 공간이 아니라, 1930년대 일본 사회에서 소녀의 몸과 마음이 밀려 들어가는 곤두선 현실을 가리킨다.

세 편 가운데 마지막 작품인 〈화성의 여자〉, 흔히 '소녀지옥 3편'이라 부르는 이 소설은 그중에서도 가장 길고, 가장 장르적으로 혼종적이다. 무엇보다 처음 몇 장을 넘기는 동안, 독자는 자신이 소설을 읽는지 신문을 읽는지 잠시 헷갈리게 된다. "새까만 소녀 사건", "모리스 교장 실종!", "현립여고가 엉망진창이 되었어요!" 같은 자극적인 기사 제목과 부제가 꼬리를 물고 이어지고, 그 사이사이에는 '참고'라는 꼬리표가 붙은 설명이 달라붙는다. 경찰의 수사 상황, 교육계의 체면, 지역 사회의 소문, 하숙집 주인의 증언이 파편처럼 흩뿌려지며, '사건의 전모'는 좀처럼 잡힐 듯 말 듯한 형태로만 모습을 드러낸다.

이 기사 형식은 단순한 장난이 아니다. 규사쿠는 당시 대중지를 가득 채웠던 황색 언론의 문법을 거의 그대로 가져와 소설 속에 심어 놓는다. "충격!", "괴소년!", "유력한 단서!", "불가사의한 사건!" 같은 단어들이 난무하고, 피해자는 이름 대신 "새까만 소녀", "화성의 여자" 같은 별칭으로만 호출된다. 소녀의 인격과 삶은 지워지고, 자극적인 헤드라인과 뒷말로만 소비된다. 〈화성의 여자〉의 도입부는, 그런 식으로 여성·청소년 사건이 시장에서 어떻게 '팔리는지'를 그대로 재연하며 동시에 비웃는, 소설 안의 신문이자 신문을 흉내 낸 소설이다.

그러나 이 작품의 중심은 그저 기사 패러디에 머물지 않는다. 중반을 지나 어느 순간, 무대의 조명이 슬그머니 바뀐다. 기자의 문장, 경찰의 발표, "참고"라는 이름의 해설이 뒤로 물러서고, 긴 편지 형식의 1인칭 고백이 지면을 가득 채우기 시작한다. 바로 우리가 지금까지 줄줄이 붙잡고 문장을 다듬어 온, '화성의 여자'의 자필 편지이다. 이 목소리의 주인공은 키가 크고, 운동을 잘하고, 남들 눈에 "괴상한" 몸을 가진 여학생 아마카와 우타에. 교장이 붙여 준 별명이 바로 이 작품의 제목이기도 한 "화성의 여자"다.

우타에의 고백에는 여러 층위의 이야기가 겹쳐 있다. 첫 번째는 몸에 대한 혐오와 조롱이다. "키다리", "괴상하다", "화성에서 온 여자." 이러한 말들은 단순한 놀림이 아니다. 여성의 몸이 얼마나 쉽게 타자의 시선 아래서 '괴물'로 호명되는지, 그리고 그 호명이 소녀 자신의 자존감을 어떻게 갉아먹는지, 규사쿠는 길게, 집요하게 묘사한다. 두 번째 층위는 육체 능력의 역설이다. 우타에는 달리기와 운동에서 누구보다 뛰어나, 운동회가 되면 모두가 그녀에게 기대를 건다. 경기 날에만 그녀는 "학교의 명예"를 짊어진 존재로 떠받들어진다. 그러나 시간이 지나면 아무도 말을 걸지 않고, 친구가 되려 들지 않는다. 소녀의 몸은 개인의 것이 아니라, 학교라는 집단의 체면을 위해 잠깐 빌려 쓰이고 버려지는 도구일 뿐이다.

외모에 대한 수치와 몸의 이용이 반복되는 가운데, 우타에는 시와 소설 속으로 조금씩 숨어 들어간다. "문학 소녀"라는 말이 아직 상냥한 이미지로 소비되기 이전, 그녀의 독서는 단순한 취미라기보다 현실로부터 물러나기 위한 일종의 방어막이기도 하다. 동창들이 잡지와 화장법, 편물, 로맨틱한 꿈에 마음을 빼앗기고 있을 때, 우타에는 우주의 허무와 죽음, 시간과 공간의 공허를 생각하며 폐가 2층의 등나무 의자에 몸을 뉘인다. 그녀는 자신이 태어난 곳이 이 지구가 아니라, 저 푸른 하늘 너머의 "허무의 세계"라는 믿음 속에서 조금씩 버텨 나간다.

그러나 이 작은 은신처는 오래가지 못한다. 운동장 끝, 방화벽 뒤편에 방치된 폐가, 원래는 작법 교실이었다가 지금은 창고가 되어 버린 그 공간은, 사실 오래전부터 교장과 서기, 여교사가 공모해 저지르는 돈벌이와 성적 착취의 아지트였다. 모범 교육가의 얼굴을 쓴 교장은, 그 이면에서 교우회비를 빼돌리고, 여성과 학생들을 이용하며, 하층민을 향락의 도구로 소비해 온 인물이다. 우타에는 그들의 대화를 우연히, 혹은 운명처럼 듣게 되고, 이어 폐가 안에서 직접 성적

폭력의 대상이 된다. 규사쿠는 그 장면을 자극적으로 에로틱하게 쓰지 않는다. 대신 우타에의 혼란, 자책, 교장에 대한 동정과 공포가 한꺼번에 뒤섞이는 감정의 심리 묘사를 통해, 권력을 쥔 어른이 소녀를 어떻게 함부로 정의하고 조종하는지를 보여 준다.

이 지점에서 우타에는 두 번 파괴된다. 한 번은 몸으로, 또 한 번은 집에서 이루어진 피 검사 결과를 통해서다. 의사는 그녀가 "이미 처녀가 아니다"라고 부모에게 통보하고, 아버지와 계모는 범인의 이름을 털어놓으라고 다그친다. 그러나 교장의 이름을 말하는 순간 자신과 가족, 학교가 어떤 파국으로 떨어질지 감각하고 있는 우타에는 끝내 입을 열지 않는다. 이때부터 그녀의 계획은 단순히 '살고 싶다'와 '죽고 싶다' 사이에서 흔들리는 개인적 고민을 넘어선다. 우타에는 교장을 오사카로 유학 보내겠다는 명목으로 쫓아내려는 교장의 의도를 눈치채고, 스스로 "화성의 여자"라는 별명을 받아들인 채, 이 지구의 상식을 넘어서는 복수를 생각하기 시작한다.

그 복수는 어쩌면 테러에 가깝다. 신문 기사와 사진, 화재, 유서, 편지를 교묘하게 엮어, 교장의 위선과 범죄를 사회적으로 폭로하겠다는 계획이다. 그녀는 폐가에 불을 지르고, 자신의 몸을 "새까만 시체"로 만들어, 남성들의 죄 위에 올려지는 하나의 "흑소(黑素, 검은 약)"로 바치려 한다. 동시에 자신이 사랑하는 친구 아이코에게는 아버지의 죄와 살아온 삶 전체를 다시 생각하지 않을 수 없는 상황을 강제로 안긴다. 편지 안에서 우타에는 실제 군부 쿠데타 미수 사건인 "5·15 사건"을 비틀어, 자신이 벌이는 일을 "여성을 위한 5·15 사건"이라고 부른다. 남성들이 국가 권력을 놓고 벌이는 반란을, 소녀는 성폭력과 교회·학교의 위선에 맞선 개인적이고 젠더적인 반란으로 전유하는 것이다.

그러나 규사쿠는 이 파국을 통쾌한 복수극으로 마감하지 않는다. 우타에의 행동은 수많은 오해와 왜곡, 기사와 소문, 자살과 실종, 횡령 사건으로 이어지며, 사건의 중심은 점점 더 흐릿해진다. 결국 남는 것은 자극적인 헤드라인과 누군가의 뒷말, 그리고 "새까만 소녀"라는 또 하나의 기괴한 도시 괴담뿐이다. 진실은 끝내 완전히 밝혀지지 않고, 소녀가 남기고자 했던 "말"은 여러 사람의 입을 거치며 조금씩 다른 의미를 띤 채 소비된다.

그 점에서 〈화성의 여자〉는 언어와 미디어에 대한 규사쿠의 근본적인 불신을 가장 잘 드러내는 작품이기도 하다. 기사와 '참고'는 객관적인 듯하지만, 실제로는 누군가의 의도와 시선이 편집된 텍스트이고, 교장의 연설은 '교육자'의 언어로 포장된 자기 변명이다. 우타에의 편지조차, 자신의 복수를 정당화하고 싶어하는 한 소녀의 서사적 구성물이다. 독자는 끝까지 어디까지가 진실인지 확신할 수 없다. 오히려 그 모호함 속에서, 근대 미디어 사회의 불안—말과 글이 넘쳐나는 시대에 무엇을, 누구의 목소리를 믿을 수 있는가—라는 질문이 계속 떠오른다.

《소녀지옥》이 발표된 1930년대 일본은, 한편으로는 도시 대중문화가 급속히 확장되던 시기이자, 다른 한편으로는 군국주의와 검열이 거세지던 시기였다. 버스와 전차, 활동사진(무성영화), 기독교계 여학교, '모던'한 생활방식, 대중지와 스캔들 기사, 명문가와 교육계의 체면이 이 작품의 곳곳에 배경으로 등장한다. 그러나 그 속에서 울리는 소녀들의 목소리는, 생각보다 지금의 우리와 멀지 않다. 외모 콤플렉스와 몸에 대한 수치심, 성적 대상화와 피해자에게 돌아오는 낙인, "좋은 딸"과 "좋은 학생" 역할을 강요하는 가정과 학교, 사건이 터진 뒤 정작 당사자의 말 대신 기사와 소문만 커지는 구조까지, 〈화성의 여자〉의 풍경은 100년이 지난 지금 다시 봐도 낯설지 않다.

  이 책을 옮기는 동안, 수십 번씩 우타에의 문장을 고치고 다듬으면서도, 그 밑바닥에서 끊임없이 솟아오르는 감정을 느꼈다. 수치와 분노, 연민과 허무, 그리고 어떻게든 말로 남기고 싶다는 고집. 유메노 규사쿠는 기괴한 이야기와 장난스러운 형식을 빌려, 결국 아주 인간적인 질문을 던진다. 우리가 사는 이곳은 누구에게 지옥인가, 그리고 누가 누구에게 그 지옥을 안겨 주고 있는가. 기괴하면서도 너무나 지금 같은 이 작품이, 오늘의 독자들에게도 마음 한쪽에 오래 남는 작은 "흑소" 한 봉지가 되기를 바란다.

2025년
마이너스

소녀지옥

초판 1쇄 발행 2025년 11월 27일

지 은 이	유메노 규사쿠
옮 긴 이	마이너스
펴 낸 이	송누리
편 집	강영은
디 자 인	강영은
마 케 팅	김경래, 최승윤
펴 낸 곳	해밀누리
등록번호	제2024-000196호
등록일자	2024년 8월 16일
주 소	서울, 마포구 성지길 25-11, 지층 1190호 (합정동)
메 일	haemilnuli@gmail.com

ISBN 979-11-7505-208-6 (03830)

* 이 책에 대한 출판·판매 등의 모든 권한은 해밀누리에 있습니다.
  간단한 서평을 제외하고는 해밀누리의 서면 허락 없이 이 책의 내용을
  복사·인용·촬영·녹음·재편집하거나 전자문서 등으로 변환할 수 없습니다.
* 책값은 뒤표지에 있습니다.
* 잘못된 책은 구입처에서 교환해 드립니다.